Lust auf ihn

Erotische Geschichten

KIARA SINGER

Bibliografische Information der Deutschen Bibliothek:

Die Deutsche Bibliothek verzeichnet diese Publikation in der Deutschen Nationalbibliographie; detaillierte bibliographische Daten sind im Internet über http://dnb.ddb.de abrufbar.

3., verbesserte und erweiterte Auflage

© 2016 Alle Rechte liegen beim Autor

Herstellung und Verlag: B o D - Books on Demand, Norderstedt

Printed in Germany

ISBN-13: 9783842337244

INHALTSVERZEICHNIS

MASKENBALL

Sie waren erst wenige Tage zuvor von ihrer Hochzeitsreise zurückgekehrt, als er ihr abends gänzlich unerwartet ein rotes, auf Taille geschnittenes Lederkostüm in exakt ihrer Größe überreichte, das im Rücken mit einem längeren, fast auf Nackenhöhe endenden Reißverschluss zusammengehalten wurde. Der in leichten Falten fallende Lederrock endete knapp über ihren Füßen. Nachdem sie das Kleid eingehend inspiziert und bewundert hatte, forderte er sie auf, sich ein wenig zu schminken und die Nägel zu lackieren und es dann überzuziehen.

»Trag ausnahmsweise einmal weder Strümpfe noch Strapsgürtel. Im Wagen erhältst du noch eine passende Maske zum Kostüm, die du sogleich überzuziehen hast, denn wir sind diese Nacht auf einen geheimen Maskenball eingeladen«, gab er ihr zu verstehen.

Sie wagte es nicht, ihn zur Wahl ihrer Dessous zu fragen, aber da er nichts weiter gesagt hatte, entschied sie sich, lediglich einen Slip, jedoch keinen BH anzuziehen, und ansonsten nur farblich zum Kostüm passende Sandaletten und ein wenig Schmuck zu tragen.

Im Auto reichte er ihr die Maske, die die Form eines Katzenkopfes hatte und die gleiche Farbe, wie ihr Kleid besaß. Zum unteren Ende hin war sie mit einem ledernen Halsband verbunden, das er ihr um den Nacken legte und verschloss. Außerdem gingen aus ihr mehrere Schlaufen hervor, die er an ihrem Hinterkopf zusammenzog und befestigte. Im ersten Augenblick erschrak sie, denn die Katzenaugen ließen nur einen sehr trüben Blick auf die Umgebung zu, sodass sie während der Fahrt nicht sehen konnte, wo sie gerade waren und wohin er sie fuhr. Allerdings machte sie sich darüber nicht allzu viele Gedanken, da ihr ein entsprechend unwissender Zustand vertraut war. Lächelnd sagte sie zu sich selbst: »Bei meinem Orientierungssinn wüsste ich auch ohne Maske hinterher nicht mehr, wo wir entlang gefahren sind.« Schmunzelnd erinnerte sie sich, wie er sie während ihrer Hochzeitsreise gelegentlich auf den Arm genommen hatte. So meinte er einmal an einer – wie ihr schien – nie zuvor gesehenen und somit für sie bis dato völlig unbekannten Kreuzung:»So, und nun finde wieder allein zurück ins Hotel. Das kann ein emanzipiertes Mädchen, wie du es bist, doch sicherlich völlig problemlos, oder?«

Hilfe suchend war sie ihm um den Hals gefallen, wohl wissend, dass er wenig später im Hotel eine angemessene Belohnung für seine wieder einmal lebensrettenden Heldentaten einfordern würde, die sie ihm selbstredend unverzüglich gewährte, wenngleich sie sich schon damals über die eine oder andere kleine Nebenbemerkung wunderte, die er bei solchen Anlässen von sich gab. An ihr schätze und liebe er ganz besonders, dass sie keinerlei Umstände mache, wenn man sie haben wollte, ließ er sie einmal wissen.

Um im nächsten Augenblick noch hinzuzufügen:

»Damit könntest du sehr viele Männer glücklich machen. Im Grunde wünscht sich jeder Mann, eine Frau wie dich zu besitzen.«

Am Veranstaltungsort angekommen führte er sie mit sicherer Hand eine breite Treppe hinauf, dann durch mehrere Flure und Gänge und schließlich in einen großen Raum, der so etwas wie ein Ballsaal zu sein schien, und in dem sich bereits recht viele Personen befanden, die sie jedoch hinter ihrer Maske nur schemenhaft wahrnahm. Allerdings kam es ihr so vor, als wenn alle anderen, genau wie ihr Mann und im Gegensatz zu ihr, ausschließlich Schwarz trugen. Sie konnte jedenfalls kein einziges weiteres rotes Kostüm durch den getrübten Blick ihrer Maske erkennen.

Exakt bei ihrem Eintreffen legte sich das allgemeine Stimmengewirr, und es wurde im Raum urplötzlich so leise, dass man eine Stecknadel hätte fallen hören können. Rasch eilte ein Kellner herbei, der ihr ein Glas Champagner reichte, das sie auch dankend annahm, und sei es nur, um etwas in der Hand zu haben, an dem sie sich unauffällig festhalten konnte. Nervös nippte sie ein oder zweimal am Rand des Kelches, nahm jedoch vorsichtshalber keinen richtigen Schluck, weil sie – wie sie befürchtete – sonst zu schnell angeheitert sein könnte. Nach einiger Zeit kehrte der Geräuschpegel im Saal zur ursprünglichen Stärke zurück, was sie mit äußerster Dankbarkeit registrierte. Sie war sich sicher, dass die Gäste nun endlich das Interesse an ihr verloren hatten. Aber sie konnte sich ohnehin nicht erklären, was an ihr so Besonderes sein sollte. Sie fragte sich, ob sie vielleicht einfach nur eine unpassende und unabgesprochene Kostümfarbe trug, die in der Runde für Verwunderung oder gar Erheiterung gesorgt hatte. Fast unmerklich schüttelte sie den Kopf. Ihr Mann Tobias hatte das Kostüm ausgesucht. So ganz untypisch für ihn wäre dies ihrer Erfahrung nach nicht gewesen.

Ihr Champagnerglas neigte sich dem Ende zu, als Tobias ihr zuraunte, er würde sie nun für einen Moment allein lassen, denn der eigentliche Maskenball würde gleich beginnen, und dazu müssten sich die Männer auf die eine und die Frauen auf die andere Seite des Raumes begeben. Und außerdem, fügte er hinzu, wenn alle Paare die ganze Zeit über stets beieinanderblieben, wäre dies auch kein richtiger Maskenball.

Für sie hörte sich seine Erklärung durchaus plausibel an, weswegen sie sie bedenkenlos akzeptierte. Außerdem, so sagte sie sich, war sie ohnehin eine erwachsene und verheiratete Frau, die man auch einmal in einer für sie völlig unbekannten Gesellschaft allein lassen konnte.

Doch einen Augenblick später legte sich ihre Zuversicht, da sie unvermittelt von einer starken, fremden Hand an ihrem Unterarm gepackt und unnachgiebig zur Mitte des Raumes hin gezogen wurde. Und gleich darauf hörte sie den ihr völlig unbekannten Mann an ihrer Seite mit lauter Stimme sagen: »Liebe Freundinnen und Freunde des Hauses. Ich darf um eure Aufmerksamkeit bitten. Wir haben heute ein ganz besonders wunderschönes neues Geschöpf in unserer Mitte, der wir uns zu diesem Anlass erstmalig gemeinsam widmen wollen: Carina.«

Wie vom Blitz getroffen fuhr sie innerlich zusammen, als sie ihren Namen so unerwartet laut vernahm. Darauf war sie wirklich nicht vorbereitet gewesen. Mit einem Mal kam es ihr so vor, als wäre der Ball ausschließlich ihr zu Ehren veranstaltet worden, allerdings konnte sie dafür beim besten Willen keinen Grund ausmachen. Geheiratet hatten ihr Mann und sie schon vor drei Wochen, und danach waren sie zu ihren gemeinsamen Flitterwochen nach Hawaii geflogen. Als einzige Erklärung fiel ihr spontan ein, dass dies möglicherweise alles Freunde und

Geschäftspartner ihres Mannes waren, die ihre Hochzeit noch einmal gebührend mit ihnen zusammen feiern wollten.

Doch schon wenige Sekunden später wurde sie eines Besseren belehrt, denn der Mann öffnete mit einer eleganten und auf sie äußerst versiert wirkenden Bewegung ihren Reißverschluss und zog ihr das Kleid vom Leib, sodass es wie im Zeitlupentempo an ihren Beinen entlang zu ihren Füßen schwebte. Ein einziger Schritt in ihren hochhackigen Schuhen, und sie wäre hilflos zu Boden gefallen. In ihrer ersten Verzweiflung versuchte sie ihre nackten Brüste zu bedecken, doch selbst das nutzte der Mann schamlos aus. Sein nächster Griff galt nämlich ihrem Slip, den er mit einem kräftigen Ruck wie ein Stück Pappe zerriss. Nun glitten auch noch dessen Reste an ihren Beinen entlang und legten sich auf das bereits zu Boden gegangene Kostüm. Ihre Schutzbedürfnisse ignorierend ergriff der Mann ihre Hände, die sie schamvoll vor ihre Brüste gelegt hatte, und schob sie in ihren Rücken. Wie auf Kommando stürzten mehrere Helfer herbei, um ihre Oberarme und Handgelenke ganz eng zusammenzubinden, wodurch sie einerseits völlig wehrlos wurde, andererseits aber auch ihre Brüste den Umstehenden besonders intensiv und auffordernd präsentierte.

Gleich darauf hoben sie zwei kräftige Hände an ihrer Taille an, während andere ihr das Kostüm und die Reste ihres Slips von den Füßen nahmen, allerdings nicht ohne ihre Beine dabei mit einer Eisenstange zu spreizen, die man mit Ledermanschetten an ihren Fußfesseln befestigte.

Kaum waren sie damit fertig, nahm ihr der unbekannte und noch immer seitlich hinter ihr stehende Mann die Maske ab, wodurch sie erstmalig die sie umgebenden anderen Gäste zu Gesicht bekam.

Schlagartig wurde ihr klar, warum die Menge bei ihrem Eintreffen so abrupt verstummte, denn sie war die einzige Geladene auf diesem bizarren Fest, die komplett in Rot erschienen war, alle anderen trugen ausschließlich Schwarz. Offenbar hatte man von Anbeginn an mit ihr etwas ganz Besonderes vorgehabt. Und ihr Ehemann Tobias schien in alle Pläne restlos eingeweiht gewesen zu sein.

4

Ein grober Blick auf die versammelte Runde ließ sie die Zahl der Anwesenden auf vielleicht einhundert Personen, jeweils zur Hälfte Frauen und Männer, schätzen.

Soweit sie es schon jetzt beurteilen konnte, trugen alle Frauen ein auf Taille geschnittenes schwarzes Lederkostüm, welches bis auf die Farbe exakt ihrem eigenen glich. Ihre Gesichter wurden von schwarzen Katzenmasken bedeckt, deren Augenöffnungen jedoch – anders als es bei ihr der Fall war – völlig durchlässig zu sein schienen.

Die Kleidung der Männer entsprach im Wesentlichen dem ihrer Frauen, allerdings waren ihre Kostüme nicht auf Taille geschnitten, und ihre Masken hatten keine katzenartige, sondern eine ovale Form und waren ausdruckslos.

Als sie auf diese Weise um sich schaute, begann sie sich schrecklich zu schämen, denn sie konnte unter den Anwesenden niemanden erkennen, nicht einmal ihren Ehemann, während sie sich umgekehrt den anderen gegenüber nicht nur in ihrer Nacktheit, sondern auch mit ihrem unbedeckten Gesicht, das heißt, mit ihrer ganzen Person, präsentierte.

Sie erschrak, als der Mann hinter ihr erneut seine Stimme erhob und sie aus ihren Gedanken riss.

»Carina, du fragst dich sicherlich, was deine Aufgabe in unserer Runde ist. Nun, du wirst heute in unsere Loge eingeführt. Dein Mann Tobias ist schon länger ein sehr geschätztes vorläufiges Mitglied unseres Bundes. Wie sehr haben wir uns mit ihm gefreut, als es ihm endlich gelang, mit dir eine würdige Ehefrau zu finden, von der er uns aber sogleich versprach, sie in unsere Loge einzubringen. Was das für dich auf Dauer bedeutet, werde ich dir gegen Ende unseres heutigen Abends eingehend erläutern. Du wirst danach garantiert keine Fragen mehr haben.«

Sanft streichelte er ihren Hals und ihr Haar, als habe er es mit einer aufgeregten Stute zu tun, die es zu beruhigen galt.

»Nun entspann dich mal ein bisschen und leg deinen Kopf auf meine Brust. Lass ihn einfach sanft nach hinten sinken. Und sei ganz unbesorgt, es kommt nämlich jetzt etwas ganz Wundervolles auf dich zu: Ich werde dich vor der versammelten

Runde zum Höhepunkt fingern. Deine Schenkel sind dafür schon optimal gespreizt, Widerstand ist zwecklos. Und bitte stöhn uns ordentlich etwas vor! Unsere anwesenden Damen sind schon ganz scharf darauf, endlich mit den eigenen Sinnen wahrzunehmen, was ihren Ehemänner in Zukunft von dir geboten wird, wie du dich verhältst, wenn du kommst, und ob die Männer demnächst vielleicht nur noch dich haben wollen. Du weißt ja, wie eifersüchtige Ehefrauen sein können.«

Noch bevor Carina ausreichend Gelegenheit hatte, über seine Worte und die darin verborgene Botschaft nachzudenken, war der Unbekannte mit mehreren Fingern in ihre Vagina eingedrungen, was zu ihrer Überraschung erstaunlich leicht ging. Offenbar war ihre Muschi trotz der absolut peinlichen Situation, in der sie sich befand, bereits hinreichend feucht.

»Klasse Fotze! Mensch Leute, ich verspreche euch wirklich nicht zu viel, aber diese Schnecke ist eine echte Bereicherung. Total eng, fast so wie ein Jünglings-Arsch und dazu auch noch klitschnass. Was will der Mann mehr?«, machte er seiner Begeisterung Luft.

Triumphierend und aufrichtig beglückt hielt er seine Hand in die Höhe:»Schaut euch das einmal an, der helle Wahnsinn, sage ich euch. Nichts gegen Schlammschieben, aber die müssen wir noch nicht einmal mit unserer Sahne begehbar machen, in der geht es auch so. Das reinste Gleitwunder!«

Carina wusste nicht, wie ihr geschah. Einerseits wäre sie am liebsten auf der Stelle in den Erdboden versunken, so wie sie dort nackt unter den ihr unbekannten, angezogenen und maskierten Menschen stand, zumal sie dazu auch noch abschätzend, wie eine Ware behandelt wurde. Auf der anderen Seite liebte sie es aber auch, wenn man ihre weiblichen Qualitäten bewusst in den Vordergrund stellte und sie sogar dafür lobte. Sie ertappte sich dabei, wie sie voller Häme an die neidischen und eifersüchtigen Gefühle der umstehenden Ehefrauen dachte.

Carina war gerne Frau. Sie genoss es, wenn man ihre Weiblichkeit registrierte und ihr eine entsprechende Aufmerksamkeit schenkte. Genau das hatte sie stets an ihrem Ehemann geschätzt, der in der Hinsicht kaum jemals mit Lob sparte. Beispielsweise bezeichnete er sie des Öfteren als die geilste Fotze der Welt. Und einmal verstieg er sich gar zu der Behauptung, jede Sekunde, in der sich in ihrer Muschi kein Schwanz befände, sei ein verlorener Moment für die Männerwelt und damit letztlich für die gesamte Menschheit.

Meist hatte sie dann ein wenig gelächelt und sich noch etwas mehr für ihn angestrengt, denn sie wollte ihm ja gefallen, auch und gerade als Frau. Und insbesondere im Bett.

Wie jeder Mensch dürstete auch sie nach Anerkennung, sie allerdings weniger für herausragende Leistungen im Beruf oder eine außerordentliche Wertschätzung im Freundeskreis, sondern in erster Linie für ihre Fähigkeiten, beim Sex Lust zu bereiten.

In der Hinsicht war sie ausgesprochen ehrgeizig. So befand sich in ihrem Bücherschrank ein ganzes Regal voller Sex-Ratgeber, mit deren Hilfe sie sich fortwährend in Verführungs- und Stellungstechniken weiterbildete. Und ihre Wohnung verließ sie nur selten, ohne sich zuvor Liebeskugeln in ihre Scheide einzuführen. Unterwegs trainierte sie damit die Spannkraft ihrer Vaginalmuskulatur.

Auch war sie stets am ganzen Körper enthaart. Tobias hatte sie eines Tages gefragt, ob ihr das ständige Rasieren nicht viel zu lästig sei. Sie verneinte spontan, denn schließlich machte sie sich gerne für ihn schön. Seine Argumente überzeugten sie dann aber dennoch. Er meinte, dass die Zeit, in der sie sich rasierte, ihnen gemeinsam verloren ginge, und bot ihr an, ihr eine Laserenthaarung zu finanzieren. Seitdem war ihr Körper stets vollkommen glatt, mit der Ausnahme einer kleinen roten Rose seitlich und oberhalb ihres Venushügels, die sie sich in etwa zur gleichen Zeit eintätowieren ließ.

Der unbekannte Mann hatte seinen linken Arm stützend unter ihre Brüste gelegt und spielte an ihren Nippeln. Mit seiner anderen Hand widmete er sich ihrer Vulva. Einige kräftige Stöße in ihre Vagina und wenige sanfte, kreisende Bewegungen um ihre Klitoris reichten, um sie bis kurz vor einen Höhepunkt zu bringen. Als sie bereits laut und deutlich zu stöhnen begann, nahm er seine Aktivitäten ein wenig zurück, da er den Gästen das einmalige Schauspiel ihres lustvollen Stöhnens noch eine ganze Weile bieten wollte. Sie sollte auf gar keinen Fall zu schnell kommen.

Ganz unvermittelt schüttelte sie den Kopf.»Nein, nein, bitte nicht. Nicht so vor allen. Dann schäme ich mich!«

Der sie bedrängende Mann ließ sich von ihrem Einwand nicht beirren:

»Ja und? Meinetwegen kannst du dich so viel schämen, wie du willst, meinem Vergnügen wird das jedenfalls keinen Abbruch tun, dem der anderen gewiss auch nicht«.

Um gleich darauf in die Runde zu fragen:»Wem unter euch macht es etwas aus, wenn sich Carina bei ihrem Orgasmus, den ich ihr gleich hier direkt vor euch besorgen werde, schämt?«

Zwei zaghafte Händchen erhoben sich. Es waren Frauenhände.

»Wie du siehst, Carina, selbst dein Mann hat sich nicht gemeldet, ihm scheint es also gleich zu sein. Oder hast du irgendwo seine erhobene Hand gesehen? Ich jedenfalls nicht.«

Verzweifelt suchte Carina die um sie stehenden Personen ab, doch sie konnte ihren Ehemann – so sehr sie sich auch bemühte – nicht entdecken. Resignierend sagte sie sich, dass es darauf jetzt auch nicht mehr ankam, denn es hatte sich ohnehin kein einziger Mann für sie starkgemacht.

»Na bitte, deine Gefühle interessieren in unserer Runde also nicht«, hörte sie den Unbekannten mit aller Bestimmtheit sagen.

Unvermittelt wandte er sich den beiden Frauen zu, die ihre Hände für Carina erhoben hatten.

»Doch nun zu unseren beiden Spielverderberinnen. Es ist euch sicherlich klar, dass ihr damit für die nachher stattfindende Frauenstunde disqualifiziert seid. Stattdessen werden wir euch in der Zeit eine Sonderbehandlung zukommen lassen, auf die ihr euch bestimmt schon jetzt freut.

Markus und Leon, nehmt ihnen die Kleidung ab. Und dann zieht sie bitte im Behandlungszimmer so an den Händen gefesselt zur Decke hoch, dass sie nur noch mit ihren Zehenspitzen den Boden berühren können.«

Mit der denkbar sanftesten Stimme richtete er seine Worte an die beiden abführbereiten Frauen.

»Das dürfte euch Weibern eigentlich sehr behagen, denn mit euren hochhackigen Schuhen kennt ihr im Grunde sowieso nichts anderes, als auf den Zehenspitzen zu stehen.« Mittlerweile hatte man die beiden ihrer Kleidung und Maske beraubt.

»Ach Bea und Vivian, wer denn auch sonst? Woran liegt es bloß, dass ich nicht überrascht bin? Nun gut, ihr habt es so gewollt, und dann müsst ihr auch die Konsequenzen tragen. Und die werden schmerzhaft sein, sehr schmerzhaft sogar. Deshalb Freunde: Lasst uns Bea und Vivian die ganze nächste Woche Zeit geben, sich zu erholen und über ihre Vergehen nachzudenken, damit sie uns danach umso bereitwilliger und fitter wieder zur Verfügung stehen. Einen direkten Mangel erleiden wir dadurch nicht, denn mit Carina scheinen wir einen Super-Ersatz gefunden zu haben, so viel kann ich schon jetzt sagen und auch spüren. Haltet euch also stattdessen bevorzugt an Carina, sie muss nächste Woche dann ausnahmsweise einmal die doppelte Leistung erbringen. Offen gestanden habe ich keinen Zweifel daran, dass sie dazu in der Lage ist.« In seiner Stimme klang Hohn.

Carina traute ihren Ohren nicht. Inständig fragte sie sich, was dieser Mann bloß meinen konnte? Und in welcher Weise sollten sich die anwesenden Männer an sie halten? Deutlich konnte sie spüren, wie ihr das Blut ins Gesicht schoss, und sie mehr und mehr errötete, was den Mann jedoch lediglich dazu veranlasste, nun auch noch sie mit seinem Spott zu überziehen.

»Ha ha, es ist stets das Gleiche mit euch Weibern. Da wollt ihr einmal etwas Gutes tun und macht doch immer nur alles noch schlimmer. Schaut her, Bea und Vivian, wie Carina bereits leuchtet. Statt sich weniger zu genieren, schämt sie sich mehr. Das ist letztlich alles euer Werk!«

Beas Augen waren sehnsuchtsvoll auf Carinas Busen gerichtet, während ihr und Vivian die Hände zusammengebunden wurden, was allerdings auch dem noch immer hinter Carina stehenden Wortführer der Loge nicht entgangen zu sein schien. Mit herrschender Stimme wandte er sich an die beiden Missetäterinnen.

»Okay, ich verstehe. Unsere beiden Superlesben wollten mal wieder ein Herzchen vor unseren Klauen bewahren, was ihnen aber nicht gelungen ist. Meinetwegen. Man ist ja schließlich kein Unmensch. Nächste Woche Sonntag dürft ihr beiden den ganzen Tag mit Carina verbringen. Als Zeichen eures Dankes erwarte ich aber, dass ihr in den darauf folgenden Wochen umso netter und williger seid. Haben wir uns verstanden?«

Die beiden Frauen nickten eifrig und freudestrahlend, während sie Carina ein zärtliches Lächeln zuwarfen, was sie jedoch nicht einzuordnen verstand. Irritiert und gleichzeitig auch ein wenig fasziniert schaute sie den beiden Frauen nach, als sie schließlich zur Entgegennahme ihrer Strafe abgeführt wurden.

»Welch reizvollen Po beide doch haben«, dachte sie heimlich in sich hinein.

Ihr war auf einmal, als könnte der hinter ihr stehende Unbekannte ihre Gedanken lesen. Für einen Augenblick überlegte sie, ob dies vielleicht daran liegen könnte, dass sie sich mit ihrem Hinterkopf an seine Brust lehnte, sodass ihre Gedanken über diesen Weg direkt zu ihm fanden, ohne dass sie sie laut aussprechen musste. Sie erinnerte sich, von etwas Entsprechendem einmal gelesen oder im Fernsehen gesehen zu haben.

»Du überlegst vermutlich, wie das mit nächstem Sonntag gemeint war. Nun, ganz einfach, Carina, dann dürfen dich die beiden Lesben einen ganzen Tag lang haben. Du musst in der Zeit alles machen, was sie von dir verlangen.«

Carina erschrak. So hatte sie sich das nicht vorgestellt und es auch nicht verstanden. Auch fragte sie sich, was denn ihr Mann dazu sagen würde? Nicht, dass sie es sich nicht vorstellen könnte, einmal etwas mit einer Frau zu haben. Im Gegenteil: Sie hatte sich schon oft dabei erwischt, wie sie anderen attraktiven Frauen nachsah, und das durchaus mit sexuellen Absichten. Auch hatte sie schon öfter heimlich davon geträumt, einmal den Körper einer Frau zu liebkosen, sie zum Höhepunkt zu streicheln und anschließend von ihr ganz zärtlich geküsst zu werden.

Ja selbst bei ihrer besten Freundin waren ihr solche Gedanken nicht fremd, die sie aber stets sofort verdrängte. Doch nun mit diesen beiden völlig fremden Frauen praktisch auf Bestellung Sex zu haben, und das auch noch so, wie sie es von ihr verlangten, war natürlich etwas ganz anderes. Dennoch erregte sie der Gedanke.

»Na so etwas, mein Kind, meine Finger sind scheinbar geradewegs in einen Wasserfall geraten. Ich glaube, dein Mann hat wohl doch recht gehabt!«, mutmaßte er alles andere als dezent.

»Womit?« Ihr schwante Böses.

»Du wärst eigentlich eine Lesbe, hat er mal beiläufig gemeint.«

»Ich? Ausgerechnet ich?« Ihre Gedanken schwankten zwischen Beschämung und Empörung.

Unablässig kneteten seine Hände ihre Brüste, als er mit fester Stimme fortfuhr:

»Nun, dann überzeug uns davon, dass du es nicht bist. Zeig, dass du gerne mit Männern zusammen bist und nur darauf brennst, von ihnen genommen zu werden. Führ uns vor, was du wirklich drauf hast und lass dich dabei so gehen, wie wir Männer das von euch Frauen erwarten!

Doch bevor du dazu Gelegenheit bekommst, wollen wir unser neues Spielzeug zunächst etwas näher in Augenschein nehmen. Damit du in deiner Hilflosigkeit nicht versehentlich zu Boden fällst, werden wir dich sicherheitshalber dort drüben an der Stange festmachen. Dennoch wirst du auch dann völlig frei zugänglich sein, sodass man alles an dir probieren kann und auf keinerlei Köstlichkeiten verzichten muss.

Allerdings werden wir Männer uns fürs Erste an die Bar des Hauses zurückziehen, denn traditionsgemäß beginnt ein solcher Abend mit der Stunde der Frauen. Unsere Frauen haben es bei uns nicht immer leicht, da sie allen Mitgliedern jederzeit zur Verfügung stehen müssen, du wirst es noch erleben. Und wenn dann eine solche Schönheit wie du daherkommt, mit der sich ein Großteil der Ehemänner der hier anwesenden Frauen in Zukunft nach Herzenslust vergnügen wird, dann dürfte sie bei ihnen nicht nur auf offene Arme stoßen. Mal sehen, was sie gleich von dir noch übrig lassen werden. Weiber können so grausam sein, insbesondere attraktiven Frauen wie dir gegenüber.«

Seine Finger hatten sich längst wieder in ihrer Vagina zu schaffen gemacht und nahmen an Fahrt auf.

»Aber bevor ich dich nun endgültig unseren hungrigen Hyäninnen überlasse, werde ich zunächst mein Versprechen einlösen, und dich vor der versammelten Runde kommen lassen. Das hat gleich mehrere Vorteile. Erstens bekommen unsere Frauen dann all das von dir zu sehen, was ihnen gleich in der Stunde der Frauen das Recht gibt, zu dir ganz besonders grausam zu sein, und zweitens wirst du nach einem Höhepunkt jegliche dir zugefügten Schmerzen intensiver wahrnehmen. Wie du siehst, meine ich es nur gut mir dir.«

Als die Männer von ihrem Baraufenthalt zurückkehrten, atmete Carina erleichtert auf, denn die Logenfrauen hatten ihr stark zugesetzt. Schon auf halbem Weg übernahm der bisherige Wortführer wie gewohnt das Kommando.

»So, dann lasst uns mal sehen, was unsere Frauen alles mit unserer lieben Carina angestellt haben. Ah, ich sehe schon: Arsch, Oberschenkel, Titten, Venushügel: alles wunderbar rot gestriemt, der Kitzler leicht geschwollen und ein paar Ohrfeigen hat es wohl auch gegeben. Die verbliebenen Schamlippen- und Busenklammern nehme ich schnell selbst noch ab.«

Carina musste einmal mehr die Zähne zusammenbeißen, so intensiv gestaltete sich der Schmerz, als er die letzten Klammern von ihr löste. Sie hatte sich gerade ein wenig erholt, als man sie von der Stange nahm und achtlos zu Boden stieß. Schon bald fielen die Männer wie wilde Tiere über sie her, um sich ihres Körpers und aller ihrer Öffnungen zu bemächtigen. Es war ein einziges Kommen und Gehen. Kaum hatte einer seinen Samen in sie hineingespritzt, kam schon der nächste, um es ihm gleichzutun. Glied auf Glied bedrängte, öffnete und besudelte sie. Nur die Liebe zu ihrem Mann, den sie unter ihren Peinigern wähnte, ließ sie all das ertragen. Er hatte sie an diesen Ort der vollständigen Selbstaufgabe gebracht, und ihm zuliebe wollte sie sich den Männern hingeben, wie sie es von ihr verlangten.

In den nächsten beiden Stunden nahmen und quälten sie sie, wie es ihnen beliebte, ohne sie allerdings noch einmal zu peitschen oder zu schlagen. Sie hatten sich ihrer Kleidung entledigt, nicht jedoch ihrer Masken, sodass ihr zu keinem Zeitpunkt gewahr wurde, wer sich gerade an ihr verging.

Als sie schließlich von ihr ließen, war sie mit ihren Kräften am Ende. Ihr restlos besudelter Körper wurde von einigen Frauen mit Schläuchen abgespritzt und mit großen Saunahandtüchern trocken gerieben, während die Männer in ihre Lederbekleidung schlüpften. Bald darauf nahm man ihr die restlichen Fesseln ab, sodass sie sich wieder frei bewegen konnte. Als Erstes streckte sie sich ganz durch, jedoch nur für einen kurzen Moment, denn sie war weiterhin die einzige unbekleidete Person im Raum und genierte sich, den anderen zu viel ihrer Blöße zu zeigen. Zärtlich legte der Wortführer seinen Arm um ihre Taille und führte sie durch einen kleinen Flur in einen Nebenraum, in dessen Zentrum sich eine ausladende Polsterlandschaft befand, die vor und um einen antiken Kamin gruppiert war. Und genau dort hockten bereits Bea und Vivian, deren Körper über und über mit Striemen übersät waren.

»Komm, setz dich zwischen die beiden Schönen und lass dich von ihnen verwöhnen. Die beiden freuen sich ohnehin schon die ganze Zeit auf dich, schließlich haben sie vorhin ganz exklusiv für dich gelitten.« Die Stimme des Wortführers klang sanft und ruhig.

»Doch ich vermute, Carina«, fuhr er fort, »du möchtest zunächst wissen, was für eine Runde wir sind, und wie es mit dir in Zukunft weitergehen wird, oder?«

»Ja unbedingt«, antwortete sie eifrig. »Ich verstehe nämlich bislang nur Bahnhof.«

»Nun, Carina, dein Mann hat dich uns als seine Ehefrau angeboten, wozu er als vorläufiges Mitglied unserer

Gemeinschaft auch verpflichtet war, und zwar von dem Moment an, an dem ihr euch das Ja-Wort gegeben habt.

Der heutige Tag diente letztlich nur noch dazu, final zu prüfen, ob du für unsere Belange geeignet bist. Und ja, ich darf dir die freudige Mitteilung machen, du hast alle Prüfungen mit Bravour bestanden. Du bist ab sofort ein vollwertiges weibliches Mitglied unserer Loge.«

Lang anhaltender Applaus und etliche Hochrufe unterbrachen seine Rede, die er nach mehreren ›Ich bitte um Ruhe‹-Ermahnungen fortsetzte.

»Carina, konkret hat dies für dich die folgenden Konsequenzen:

Ab sofort gehen alle sexuellen Rechte an dir von deinem Ehemann auf uns über. Dies heißt nun aber nicht, dass er überhaupt keinen Sex mehr mit dir haben darf, jedoch sollte er sich stets im übergeordneten Interesse der Gruppe zurückhalten. Beispielsweise darf er niemals mehr seinen Samen in dir vergießen, sehr wohl aber in jeder anderen Frau der Loge, was dort sogar ausdrücklich erwünscht ist. Umgekehrt heißt das für dich: Du hast alle deine Orgasmen der Gruppe zu schenken. Dein Ehemann bleibt außen vor.

Die Zugangsrechte der Männer zu den Frauen unserer Gemeinschaft sind strikt hierarchisch geregelt. Die höchsten Rechte besitzt grundsätzlich der Logenführer, das bin zurzeit ich, dann folgen dessen Stellvertreter und so weiter. Der Ehemann nimmt in dieser Rangordnung die allerletzte Position ein.

In eurer Nähe haben wir für dich ein kleines Appartment eingerichtet, wo du den größten Teil deiner Liebesdienste erbringen wirst. Ferner erhältst du ein separates Mobiltelefon, auf dem du für uns und unsere Belange jederzeit erreichbar bist. Betrachte es einfach als ein ganz normales Geschäftshandy.

Daneben wurde für dich eine passwortgeschützte Internetseite angelegt, die dir dein Mann zu Hause noch im Detail erläutern wird. Alle Frauen unserer Loge besitzen eine entsprechende persönliche Seite. Wenn dich ein Mitglied unserer Gruppe besitzen möchte, dann wirst du dich umgehend und redlich darum bemühen, ihm einen möglichst baldigen Termin anzubieten. Ablehnen kannst du grundsätzlich nur die Zeiträume, in denen dich bereits ein anderes Mitglied gebucht hat, oder die man dir, aus welchen Gründen auch immer, als Freiraum zugestanden hat. Solche Zeiträume wird es aber in der Praxis kaum geben, im Grunde eigentlich nie. Den beiden Schönen zu deiner Rechten und Linken haben wir ausnahmsweise die ganze nächste Woche freigegeben, doch wie gesagt: So etwas sind absolute Ausnahmen. Um es noch einmal ganz pragmatisch auszudrücken: Wenn sich ein Mitglied von zwei bis sechs Uhr in der Frühe mit dir treffen und vergnügen möchte, und du in der Zeit noch nicht durch ein anderes Gruppenmitglied belegt bist, dann musst du ihm die Zeit gewähren. Dein Ehemann hat keinerlei Einspruchsrechte.

Sollte dich also ein Mitglied der Gruppe benutzen möchten, dann hast du ihm den frühestmöglichen, auch ihm genehmen Termin anzubieten. Und wenn ihr euch schließlich einig geworden seid, wirst du auf deiner Internetseite umgehend seinen Code-Namen direkt hinter dem ausgemachten Zeitraum eintragen, damit alle anderen erkennen können, dass du für sie in der Zeit nicht mehr zur Verfügung stehst. Sollte jedoch jemand einen bereits gebuchten Zeitraum wieder stornieren, hast du die Zeiten unverzüglich freizugeben. Doch Vorsicht: Sollte sich einmal herausstellen, dass du Zeiträume blockierst, für die aktuell keine reale Buchung besteht, siehst du anschließend tagelang so wie die beiden Hübschen neben dir aus, vielleicht noch ein ganzes Stück elender. Und das möchtest du doch sicherlich nicht, oder?«

Carina, die jedes seiner Worte fassungsloser machte, schüttelte eiligst den Kopf.

»Schön, dass wir uns gleich verstehen. Noch Fragen?«

Ängstlich schlug sie ihre Augen nieder. Sie wollte auf gar keinen Fall gleich zu Beginn einen Fehler begehen.

»Ja, mit wie viel Zeit muss ich rechnen, und was habe ich in den gebuchten Zeiten zu tun?«

Die Runde brach in ein schallendes Gelächter aus.

»Es ist einfach wunderbar, es wieder einmal mit einem noch unverdorbenen Mädchen zu tun zu haben. Und noch schöner ist es, dieses gänzlich verderben zu dürfen. Carina, du machst all das, was von dir verlangt wird, und zwar ohne Wenn und Aber. Sollten wir dennoch einmal nicht mit deinen Diensten zufrieden sein, werden wir dich zu einer kleinen Unterredung hierher bitten. Das vermutliche Ergebnis des Gesprächs kannst du direkt neben dir sehen. Ich weiß, das ist kein schöner Anblick. Du fährst deshalb eindeutig besser, wenn du jederzeit fügsam und verfügbar bist.«

Die Logenmitglieder unterstützten seine Ausführungen mit einem wohligen, zustimmenden Lachen.

»Ach ja, bevor ich es vergesse: Dein Mann wird dir zu Hause eine Kollektion schwarzer Augenbinden aus einem dehnbaren, aber sehr angenehmen Material aushändigen, die sehr eng anliegen und dadurch absolut blickdicht sind. Einige von uns bestehen auf die Wahrung ihrer Anonymität. Wenn du mit einem solchen Mitglied einen Termin hast, ziehst du vorher eine Augenbinde über und empfängst deinen Liebhaber sozusagen blind. Wir haben dir dazu eine Klingelanlage im Schlafzimmer installiert, sodass du deinem Lover direkt von dort aus öffnen kannst. Mich beispielsweise wirst du mit Sicherheit nie zu Gesicht bekommen, meinen Schwanz dafür umso häufiger zu spüren.«

Bei seinen letzten Worten errötete Carina, die sich ihrer prekären Situation immer mehr bewusst wurde.

»Aber wie oft muss ich denn mit einem Besuch rechnen? Ihr betreibt das doch offenbar schon eine ganze Weile und dürftet somit ziemlich genau wissen, wie die Anforderungen in der Praxis sind. Wie viele Stunden am Tag werdet ihr mich buchen, wenn ich das einmal so sagen darf?« Sie fragte mit aller Vorsicht an, obwohl ihr längst zum Heulen zumute war.

»Gut, dass du gleich alles mit Fassung trägst, Carina. Das war keineswegs bei allen so. Du bist ein sehr artiges Mädchen, was uns noch viel Freude bereiten wird. Zurzeit bist du die Neue und damit naturgemäß für sehr viele unter uns ganz besonders interessant. Außerdem hast du einen geilen, gepflegten Körper und eine leistungsfähige, gut trainierte Fotze, auch das wird viele anziehen. Aber keine Sorge: Mit der Zeit wird sich all das wieder normalisieren. Ich würde denken, auf lange Sicht wird eine Klassefrau, wie du es bist, durchschnittlich vier bis fünf Stunden am Tag belegt sein.«

Fieberhaft begann sie zu rechnen. Sie konnte nicht glauben, was sie gerade eben gehört hatte.

»Vier bis fünf Stunden pro Tag? Jeden Tag? Und hinzu kommen noch die Zeiten, mich wieder schick und frisch zu machen, die Buchungsarbeiten, vielleicht ein paar Getränke- und Essensbesorgungen, die Aufräumarbeiten, die Vorbereitung? Da bin ich ja im Grunde mit nichts anderem mehr beschäftigt.« Auf ihrer Stirn zeigten sich vereinzelte Sorgenfalten.

»Das brauchst du auch nicht, Carina«, versuchte er sie zu beruhigen. »Dein ganzes Dasein dient einzig und allein dazu, uns zu Willen zu sein und Lust zu spenden. Dazu bist du auf die Welt gekommen, vergiss das bitte nie. Eine andere Existenzberechtigung besteht für dich nicht. Du hast alle deine Aktivitäten und Ziele dieser dir gestellten Aufgabe unterzuordnen. Das gilt selbstverständlich auch für deine Ehe, was dein Mann übrigens von Anbeginn an akzeptiert hat.

Aber sieh es einmal so: Du kommst mit sehr vielen interessanten und machtvollen Persönlichkeiten zusammen, die du mit deinem Körper beglücken kannst. Stell dir nur vor: welche Ehre! Vielen unserer Frauen bereitet allein schon dieser Gedanke große Freude. Sie wissen, dass ihre Lebensaufgabe die Hingabe ist, und gehen ganz darin auf. Ich kann ohne Zögern sagen: Sie sind glücklich. Und du wirst es bei uns bestimmt auch sein!«

Zustimmung erheischend blickte er in die Runde, aus der tatsächlich das eine oder andere weibliche ›genau‹ oder ›so ist es‹ zu hören war. Dann fuhr er mit seinen Ausführungen fort:

»Ach, eine Sache wäre noch zu erwähnen: Jede Frau unserer Gemeinschaft muss mindestens einmal im Jahr an einem verpflichtenden Weiterbildungslehrgang teilnehmen, dessen Dauer üblicherweise sechs Tage beträgt, bei offenkundigen Defiziten aufseiten der Auszubildenden aber manchmal auch länger. Deiner ist bereits in sechs Wochen angesetzt und findet auf einer luxuriösen Hochseejacht vor der südfranzösischen Küste statt. In dieser Zeit müssen wir dich leider von deinem Ehemann trennen, aber das wirst du bestimmt verkraften können. Du freust dich doch hoffentlich darauf, oder? Deine Ausbilder tun es jedenfalls schon jetzt.«

Während ihrer Ausbildungswoche vor der malerischen Kulisse der französischen Riviera herrschte das allerschönste Wetter, das man sich vorstellen kann. Wie sie gleich am ersten Tag erfuhr, stand nur eine einzige Abrichtungsmethode auf dem Programm, nämlich verschärftes Zureiten durch eine sechsköpfige Gruppe äußerst potenter Männer, die ihr bestes Stück zu diesem Zweck zusätzlich noch mit Cialis gedopt hatten. Da es den Männern tagsüber zu heiß war, und man Carina auch ein wenig bei Laune halten wollte, war ab etwa 11 Uhr bis in den späten Nachmittag hinein Dolce Vita angesagt. Meist steuerte man dazu einen der zahlreichen Nobelhäfen an, wo man zunächst ein wenig speiste oder in diversen Bars abhing. Dazwischen durfte sie shoppen gehen, allerdings niemals allein, sondern immer von mindestens zwei persönlichen Bodyguards begleitet. In den Geschäften suchte sie sich vorzugsweise eher weniger sparsame Bekleidung aus, bei der sie nicht zu viel nackte Haut zeigte, da sie sich ansonsten ihrer zahlreichen Striemen und blauen Flecke zu sehr geschämt hätte. Aus dem gleichen Grund vermied sie es, sich von den Verkäuferinnen beim Anprobieren helfen und eingehend beraten zu lassen.

Wenn es gegen Abend kühler wurde, fuhr man mit der Jacht zu etwas entlegeneren Plätzen hinaus und warf den Anker. Sie hatte sich dann nackt auf dem Deck einzufinden, wo man sie zunächst an einen Mast band, um sie eingehend ab- und auszugreifen, zu demütigen und schließlich zu züchten. In den ersten Tagen überkam ihr dabei stets das Gefühl, höchstpersönlich ihrer eigenen Kreuzigung beizuwohnen. In diesen Momenten wurde ihr besonders stark bewusst, wie schmerzlich sie Tobias auf der Reise vermisste, zumal sie im Grunde die ihr zugefügten Peinigungen nur für ihn ertrug. Sie liebte ihn noch immer genauso intensiv, wie dies während ihrer Hochzeitsreise und die Zeit davor der Fall war. Doch sie hatte längst verstanden, welche außerordentliche Bedeutung die Loge für ihn besaß, und dies auch akzeptiert. Ihrer Meinung nach ging es darin keineswegs nur um den freien und beinahe beliebigen Zugang zu anderen Frauen – denn, so fragte sie sich, was hätten die anderen ihm schon bieten können, was sie selbst nicht auch besaß –, sondern vor allem um die damit verbundenen beruflichen Vorteile. Ihr schien die Loge primär ein Karrieresprungbrett für die beteiligten Männer zu sein, verbunden mit dem zusätzlichen reizvollen Bonbon, gleichzeitig über eine recht große Auswahl an attraktiven und jederzeit willigen Frauen verfügen zu können, eine moderne Variante der ›eine Hand wäscht die andere‹-Philosophie also. Und da ihr schon länger aufgefallen war, welche enorme Bedeutung Tobias seinem beruflichen Weiterkommen zumaß, wollte sie ihn als ihren geliebten Ehemann darin, so weit es ihr möglich war, unterstützen. Daran musste sie denken, als sich die Finger der Männer hoch oben auf dem Deck in ihre Öffnungen bohrten, man ihre Nippeln bis an die Grenzen der Belastbarkeit quälte oder die auf sie niedergehenden Peitschenhiebe nicht aufhören wollten, während sie wehrlos an den Mast gefesselt war.

Die Abende klangen meist so aus, dass man sie in jeglicher erdenklichen Weise nahm. Dabei spielte es keine Rolle, ob sie ausreichend erregt und ihre Scheide feucht genug war: Die Männer stellten ihre jederzeitige leichte Begehbarkeit durch eine Methode sicher, die sie als gemeinsames Schlammschieben bezeichneten und sehr zu schätzen schienen. Wie ihr mehr und mehr bewusst wurde, bestand ein wesentlicher Teil des Ausbildungsprogramms darin, ihr einzubläuen, dass sie von den Männern der Loge jederzeit und selbst gegen ihren Willen und über ihre Grenzen hinaus genommen werden konnte. Ihre einzige Aufgabe war es, das zu tun, was von ihr verlangt wurde, und sei es, für die Männer lediglich widerstandslos hinzuhalten, wie es an den Abenden auf der Jacht geschah. Dort dauerte es für gewöhnlich nie sehr lange, bis sie sich nach den Züchtigungen und sonstigen Zumutungen und angesichts der sie von allen Seiten bedrängenden erregten und mitunter zuckend in sie hinein spritzenden Glieder so sehr entspannte, dass sie das ihr Angetane wie in einem Zustand der völligen meditativen Entrückung über sich ergehen ließ.

Wenn die Männer mit ihr fertig waren, warfen sie sie wie ein verschmutztes Tier über die Reling, um sie gleich darauf herauszufischen und unter die Dusche zu stellen. Nackt und ungekämmt betteten sie sie bäuchlings in ihre Koje, in der sie – erschöpft wie sie war – auf der Stelle einschlief. Lediglich in einer Nacht war ihnen selbst das noch nicht genug. Da legten sie sie zunächst in eine der bequemen Kabinenbetten, um sich an ihrem reizvollen Hinterteil noch einmal gutzutun.

Auch die Morgenden waren für sie mit erheblichen Strapazen verbunden, denn einer der beteiligten Männer erwies sich als ausgesprochener Sadist. Sie war noch nicht ganz wach, da packte er sie bereits an den Haaren und verfrachtete sie aufs Deck, wo sie sich stehend und an ihrem Schopf gehalten seinen auf Oberschenkel und Scham gerichteten Peitschenhieben auszusetzen hatte. Sie sollte lernen, seine Schläge ohne jede Lautäußerung oder sonstige Gegenreaktionen zu akzeptieren, und zwar so lange, bis sie von ihrem Körper in die Knie gezwungen wurde. Wenn sie sich ihm auf diese Weise unterworfen hatte, steckte er ihr sein Glied in den Mund und befriedigte sich genüsslich darin. Im Anschluss daran forderte er sie auf, mit der Zubereitung des Frühstücks zu beginnen, nicht ohne dabei anzumerken, dass die Männer sich am gestrigen Abend sehr für Carinas Lernerfolg eingesetzt und angestrengt hätten. Deshalb seien sie nun hungrig wie junge Löwen.

»Schatz, ich weiß noch immer nicht, warum du das getan hast.«

Sorgenvoll blickte er ihr in die Augen.

»Was?«

»Ach komm, du weißt genau, was ich meine: Bei Irinas Einführung auf dem letzten Logentreffen plötzlich nach vorne zu treten und laut zu rufen: ›Irina will das nicht!‹«

Elegant schlug sie die Beine übereinander.

»Kannst du es für dich behalten oder wirst du es gleich morgen brühwarm deinen Logenbrüdern erzählen?«, antwortete sie spitz.

»Nein Schatz«, beschwichtigte er sie. »Ich bin in erster Linie dein Ehemann. In der Hinsicht kannst du mir absolut vertrauen. Was du mir heute erzählst, bleibt unser alleiniges Geheimnis.«

Carina nahm einen weiteren Schluck des köstlichen Riojas, den ihr Ehemann für sie ausgesucht hatte. Ihr Blick streifte die wenigen Tapas, die sie auf dem großen silbernen Tablett in der Mitte ihres Tisches übrig gelassen hatten. Wenn sie es sich recht überlegte, war sie noch immer hungrig, obwohl sie schon den ganzen Abend fast wie ein Schwerstarbeiter gegessen hatte. Aber was wunderte sie sich auch: Ihr Körper verlangte offenbar nach Energie und Proteinen, um sich nach den Peinigungen des vergangenen Wochenendes schneller regenerieren zu können.

»Ich hatte ganz einfach Lust auf eine Pause, und die habe ich mir geholt, auch wenn das vielleicht ein sehr aufwendiger und schmerzhafter Weg war. Außerdem gefiel mir Irina. Meine heimliche Hoffnung war, man würde bei mir ganz ähnlich wie damals bei Bea und Vivian verfahren, und mir einen ganzen Tag mit ihr zugestehen, was sich dann ja auch bewahrheitet hat. Ich wollte mal wieder mit einer anderen Frau zusammen sein, so wie damals mit Bea und Vivian. Und an der albernen Frauenstunde hatte ich sowieso kein Interesse, da mir – wie gesagt – Irina viel zu sehr gefiel. Sie ist ein zarter, zerbrechlicher, aristokratischer russischer Typ. Ich hätte es als primitiv empfunden, mich am Auspeitschen ihres Busens oder ihrer Klitoris zu beteiligen, nur weil sie angeblich eine Konkurrentin ist und sogar von meinem Ehemann höchstpersönlich bestiegen wird. So denke ich ganz und gar nicht. Überhaupt ist der spärliche bis nahezu gänzlich fehlende Kontakt unter uns Frauen für mich das weitaus größte Problem bei meiner Arbeit.« Sie blieb so sachlich wie möglich und unterdrückte die Frustrationen, die in ihr brodelten.

»Mit anderen Worten, du wünschst dir einen stärkeren Kontakt zu den anderen Frauen der Loge?«, wollte Tobias von ihr wissen.

»Ja, auf jeden Fall«, bestätigte sie bestimmt.

Tobias schüttelte den Kopf. »Wir Männer haben darüber schon öfter debattiert. Die meisten sind absolut dagegen. Sie befürchten, dass dann das typisch weibliche Getratsche und Getuschel wieder losgeht. Die eine weiß das und die andere jenes, und schon sind die tollsten Gerüchte unterwegs«, erläuterte er die Position der männlichen Mehrheitsmeinung. Zu seiner Überraschung reagierte sie mit einer unwirschen Handbewegung.

»Das mag sein. Ich rede ja auch nicht von regelmäßigen Frauenabenden, an denen wir Frauen uns im Stile von Sex and the City abends in der Kneipe treffen und über Männer reden, sondern von ganz wenigen ausgewählten und dafür umso intimeren Freundschaften. Beispielsweise habe ich Bea und Vivian seit unserem damaligen gemeinsamen Tag nie wieder gesehen, zumindest bei Vivian hätte ich mir das aber sehr gewünscht. Morgen darf ich den ganzen Tag mit Irina zusammen sein, dürfte sie sogar vernaschen, wenn ich wollte. Einerseits freue ich mich sehr auf unser Treffen, andererseits stimmt es mich aber auch ein wenig traurig, denn ich bin mir ziemlich sicher, sie danach nie wieder zu sehen, bestenfalls gelegentlich hinter einer Maske. Ich finde, ihr seid in dem Punkt viel zu restriktiv, wenn ich das einmal so sagen darf.« Ihre Augen blinzelten voller Traurigkeit. Sie befürchtete, direkt vor ihm in Tränen auszubrechen. Diese Blöße wollte sie sich jedoch auf keinen Fall geben.

»Und hast du sonst noch etwas zu bemängeln? Ich meine, wir reden ja nicht sehr häufig über deinen Job. Vielleicht sollten wir dies öfter tun.«

»Sicher, denn schließlich habe ich dich damals unter ganz anderen Voraussetzungen geheiratet«, antwortete sie fast resigniert. Sie war enttäuscht, dass er ihr Hauptanliegen ignorierte. Doch ihre Gefühle ließen sich nicht länger im Zaum halten.

»Aber keine Sorge, an den meisten Tagen bin ich sogar ausgesprochen zufrieden und glücklich, immerhin werde ich ständig gut und ausdauernd gefickt. Schwierig wird es vor allem dann, wenn ich mal wieder nur Besucher habe, die mich mit Augenbinde nehmen wollen. Trotz Sex, Gesprächen und Körperkontakt sind mir solche Tage insgesamt zu einsam. Wenngleich es auch Ausnahmen gibt. Einer ist darunter, der wirklich ganz wunderbar küssen kann, erst meinen Mund, und dann meine Möse. Wenn er sich langsam von meinen Lippen über meinen Bauch zu meiner Muschi hinunterbewegt und sich mit seiner Zunge an meiner Öffnung und meiner Klitoris zu schaffen macht, weiß ich bereits: Gleich ist es um mich geschehen. Alle guten Vorsätze, mich an dem Tag etwas zu schonen und aufzusparen, sind dann dahin, da ich gegen ihn sowieso nichts ausrichten kann. Bei ihm komme ich in aller Regel fünf oder sechs Mal, so gut ist er. Auch verwendet er ein sehr anregendes Parfum, dessen Marke ich jedoch noch nicht herausfinden konnte. Fragen geht ja leider nicht.

Wenn ich ausreichend oft gekommen bin und auch laut genug dabei war, öffnet er seine Hose – ach ja, ich vergaß, er bleibt während der gesamten Zeit immer komplett angezogen – und fickt mich mit seinem ziemlich großen Organ in den Mund. Nachdem er abgespritzt hat, was jedes Mal eine ganz schön ordentliche Menge ist, küsst er mich auf den Mund und lässt sich seinen Samen auf meiner Zunge zeigen. Beim nächsten Kuss fasst er mir an die Gurgel, sodass ich seine Sahne vollständig herunterschlucken muss, was ich aber eh getan hätte. Ich mag nämlich das Gefühl, seinen Samen in mir zu tragen. Nachdem er sich vergewissert hat, dass auch wirklich alles brav in meinem Magen gelandet ist, lässt er sich von mir seinen Schwanz sauber lecken. Und dann ist er auch schon weg

Anschließend liege ich meist noch eine ganze Weile auf dem Bett herum und stelle mir vor, wie er nun zur nächsten geht und mit ihr das Gleiche tut, und uns so der Reihe nach genießt und beherrscht. Am Abend sind wir alle ganz mitgenommen und tragen seinen Samen in uns. Ich frage mich manchmal, was ein solcher Mann für ein Leben im Vergleich zu uns Frauen führt, und ob das nicht alles fürchterlich ungerecht ist.«

Er sah sie mit einer solchen Verwunderung an, als habe er es mit einem Wesen aus einer fernen Galaxie zu tun.

»Wieso? Gerade eben sagtest du noch, dass du die Zeit mit ihm genießt. Und er kommt dabei einmal, du jedoch gleich fünf oder sechs Mal. Eine vergleichsweise sehr gute Ausbeute auf der Frauenseite, finde ich. Was beklagst du dich also? Es ist nun mal eure Rolle, die hingebende und empfangende Seite zu sein. Die Natur wollte es so.« Er wirkte dabei so überzeugt, als glaube er tatsächlich an das, was er sagte.

»Mag sein, weiß ich nicht. Du solltest ihn einfach mal erleben, wenn ich ihn unter meiner Augenbinde zur Türe hereingelassen habe. Mit jedem seiner Griffe macht er mir deutlich, dass er es ist, der die Macht über mich besitzt und mich – deine Ehefrau übrigens – zu körperlichen Reaktionen zwingen wird, die mir in dem Moment vielleicht tatsächlich sehr angenehm sind, auf die ich selbst aber keinerlei Einfluss habe. Im Grunde werde ich von ihm fast wie ein Spielzeug behandelt, das man nach Herzenslust ausprobieren kann. Auch die Art und Weise, wie er mir später seinen Samen in den Mund spritzt, ist eine Spur anders als bei meinen sonstigen Besuchern, irgendwie selbstverständlicher, fast wie im Vorübergehen, als wenn er mir sagen wollte: ›So, nun habe ich auch dich wieder markiert.‹«

Energisch schüttelte er den Kopf.

»Aber Schatz, was soll das? So etwas ist selbstverständlich! Wie kann etwas, was ohnehin ganz selbstverständlich ist, auf einmal noch selbstverständlicher werden? Das macht doch überhaupt keinen Sinn.« In seiner Stimme klang Verärgerung mit.

»Wie bitte?« Deutlich hörbar schlug sie mit der flachen Hand auf den Tisch. »Findest du es etwa selbstverständlich, den ganzen Tag von Frau zu Frau zu wandern, jede ein paar Mal zum Orgasmus zu bringen und ihr dann in ihrem schwächsten Moment – als könnte es nicht anders sein – den Samen in den Mund zu spritzen? Und dabei die ganze Zeit so zu tun, als wollte man sich nur kurz seines Eigentums versichern?«

»Aha, jetzt weiß ich endlich, wo der Hase lang läuft«, rief er spöttisch aus. »Schatz, du bist eifersüchtig, ganz simpel eifersüchtig! Du weißt doch gar nichts über ihn. Vielleicht ist er ein heimlicher Verehrer und besucht nur dich und niemanden sonst. Wäre doch möglich, oder? Doch stattdessen hast du dir deine eigene Theorie über ihn zurechtgelegt, die einzig und allein deiner Fantasie entsprungen ist. Genau deshalb wollen viele Männer der Loge keine Kontakte unter den Frauen dulden. Denn dann würden wir so etwas im großen Stil bekommen: reinste Fantastereien.«

Ihre Augen funkelten. »Und wundert dich das?«, hielt sie ihm entgegen. »Mein Gott, wie oft hätte ich mir gewünscht, ihn mal zu sehen, mich einfach nur mit ihm zu unterhalten. Glaub mir, all das ist manchmal nicht leicht für mich, auch was uns beide angeht. Bei dir finde ich es beispielsweise sehr schade, dass du immer nur relativ kurz mit mir schläfst und – im Unterschied zu den anderen Männern der Loge – nie dabei kommst.«

Liebevoll nahm er ihre Hand.

»Eigentlich dürfte ich noch nicht einmal so oft und lange mit dir schlafen, wie ich es zurzeit tue. Gemäß unseren Regeln stellt der Ehemann – wie du weißt – seine Ehefrau den anderen Gruppenmitgliedern exklusiv zur Verfügung und unterstützt sie in jeder Hinsicht, ihren Liebesdiensten nachzukommen. Ich befürchte immer, es könnte sich irgendwann einmal in einer Statistik bemerkbar machen, dass ich meine ganze Manneskraft doch nicht bei den anderen Frauen lasse, sondern zum Teil auch bei dir. Unsere Loge hat nämlich ein ausgefuchstes Überwachungssystem. Was glaubst du, wie penibel die Internet-Seiten der Frauen ausgewertet werden? Deshalb höre ich bei dir – genauso wie es unsere Regeln verlangen – jedes Mal kurz vor dem Kommen auf und gehe zu einer anderen. Und bei der denke ich dann ganz intensiv an dich.«

Sie beäugte ihn skeptisch. »Na so etwas, das hätte ich nun wirklich nicht gedacht. Lohnt sich denn dieses Arrangement überhaupt?«

»Das schon. Als Mann möchtest du mit möglichst vielen Frauen ins Bett gehen. Stell dir vor, wir würden eine ganz normale Ehe mit gegenseitigem Treuegelöbnis führen. Du könntest so schön und geil wie nur irgendwer sein, ich wäre bestimmt längst fremdgegangen, oder hätte die eine oder andere heimliche Geliebte neben dir. Möglicherweise wären wir schon wieder geschieden. So aber bist du meine heimliche Geliebte. Von allen Frauen unserer Loge machst du mich am meisten an. Ich bin noch immer genauso in dich verliebt, wie während unserer Hochzeitsreise. An dir mag ich wirklich alles, deine Stimme, dein Gesicht, dein Aussehen, deinen Körper, wie du dich bewegst, deinen Busen, deine Erotik, Klugheit, Sanftheit, Weiblichkeit. Aber im Grunde darf ich nur heimlich mit dir zusammen sein, und das ist in gewisser Weise sehr erregend. Ich bin mir sicher, nicht der einzige Mann unserer Loge zu sein, der so über seine Ehefrau denkt und sich entsprechend verhält.«

Carina sah ihn liebevoll und zugleich auch ein wenig misstrauisch an. Tobias hatte ihr gerade erneut und auf wundervolle Weise seine Liebe gestanden, was wie Medizin auf ihre verwundete Seele wirkte. Auch sie hatte ihn einmal über alles geliebt, war sich jedoch in letzter Zeit ihrer Gefühle zu ihm zunehmend unsicherer geworden. Ständig plagte sie die Angst, es gäbe irgendwelche Geheimnisse, die er vor ihr verbarg, und die wie unsichtbare Mauern zwischen ihnen standen.

»Tobias, du kannst dir kaum vorstellen, wie gut mir deine Worte gerade getan haben. Dennoch ist mir so vieles, was dich, mich und unsere Loge angeht, überhaupt nicht klar. Warum hast du zum Beispiel vorhin gesagt, ›auch deshalb höre ich bei dir jedes Mal kurz vorher auf‹? Was heißt hier ›auch‹? Warum denn sonst noch?«

Tobias lächelte sie verlegen an.

»Sieh an, unsere kleine Meisterdetektivin Carina. Normalerweise machst du stets ungemein auf süßes Weibchen, was den meisten Männern ausgesprochen gut gefällt, obwohl du für meinen Geschmack dabei dein Licht etwas zu sehr unter den Scheffel stellst, wo du doch in Wirklichkeit ein ziemlich aufgewecktes Mädchen bist.

Okay, du lässt mir ja doch keine Ruhe: Es gibt in der Tat einige alte Überlieferungen, Überzeugungen und Regeln, auf denen der Umgang der Männer mit den Frauen unserer Loge beruht. Beispielsweise gehen wir alle davon aus, dass ein Mann eine Frau durch regelmäßige Besamung fest an sich binden kann. Je häufiger er direkt in ihr kommt, desto mehr macht er sie psychisch und physisch von sich abhängig. Welche ihrer Öffnungen er benutzt, spielt im Grunde keine so wesentliche Rolle, wenngleich einige Quellen darauf hindeuten sollen, dass die klassische Befüllung der Muschi die wirkungsvollste Art ist, während andere eher der Auffassung sind, über den Mund ließe sich viel mehr erreichen, speziell dann, wenn man sie zwingt, den Samen noch eine Zeit lang auf der Zunge liegen und dort zergehen zu lassen. In jedem Fall ist die Vorstellung in etwa die, dass die Spermien eines Mannes eine einzigartige Information –

etwa einen ganz bestimmten Mix aus Proteinen – besitzen, die nach der Besamung über die Blutbahnen der Frau bis in ihr Gehirn dringt, und dort an bestimmte Rezeptoren andockt. Das lässt die Frau sich ihm mehr und mehr zugehörig fühlen, wobei das im Extremfall bis zur Hörigkeit führen kann. Als Mann dringst du beim Sex also nicht nur in die Körperöffnungen der Frau ein, sondern du kannst durch regelmäßige Besamung auch einen Großteil ihres Fühlens und Denkens beeinflussen und in deinem Sinne lenken. Du bist also quasi mit einem Teil deines Körpers in ihr und gewinnst die Kontrolle über sie.

Wenn ein Mann in unsere Loge aufgenommen werden möchte, kann er zunächst nur den Status eines assoziierten Mitglieds erlangen, wie es bei mir vor unserer Ehe der Fall war. Er darf dann einigen ausgewählten Events beiwohnen und dabei sogar hier und da assistieren. Allerdings bleiben die Frauen für ihn tabu. Reguläres Mitglied kannst du nur durch Einbringung deiner Ehefrau in die Gruppe werden. Ich sage bewusst Ehefrau, denn Freundinnen werden nicht akzeptiert. Du musst also schon bewiesen haben, dass du eine Frau durch besagte regelmäßige Besamung so sehr von dir überzeugen konntest, dass sie bereit war, öffentlich und notariell beglaubigt zu erklären, mit dir ewiglich zusammenzubleiben. Ferner musst du im Anschluss daran mit ihr auf eine mehrwöchige Hochzeitsreise gehen, die man in speziellen, mit versteckten Kameras und Mikrofonen ausgestatteten Ferienwohnungen verbringt, damit sich die Logenleitung ein vollständiges Bild von der Frau machen kann, die du der Gemeinschaft zuführen möchtest. Neben ihrem Aussehen spielt vor allem ihre Art und Weise, wie sie sich dir im Bett hingibt, eine Rolle, denn daran will man erkennen können, ob dein Samen bereits in der Lage war, ihr die Eigenkontrolle zu entziehen. Ich denke, das habe ich auf unserer Hochzeitsreise zur Genüge demonstrieren können.

Für die Loge ist eine solche abschließende Beurteilung vor allem auch deshalb so wichtig, weil es angeblich immer wieder Frauen geben soll, die relativ resistent auf den männlichen Samen – zumindest den ihres Ehemannes – reagieren. Genau die möchte man aber erst gar nicht in der Gemeinschaft haben. Allerdings werden auch zweite und dritte Chancen eingeräumt. Es könnte ja sein, dass eine Frau auf der Hochzeitsreise noch nicht so weit war, es ein Jahr später aber sehr wohl ist. Dann kannst du um eine Wiederholung bitten. In einem solchen Fall hätte ich beispielsweise vorgeschlagen, unseren ersten Hochzeitstag mit einer zweiten Hochzeitsreise gebührend zu feiern. Natürlich hättest du dem sofort begeistert zugestimmt, alles andere wäre ein untrüglicher Indikator deines weiterhin fehlenden Zugehörigkeitsgefühls gewesen. Aber bei uns beiden war so etwas überhaupt nicht nötig, da du schon deutlich vor der Eheschließung in meiner Hand warst.

Ist man tatsächlich an deiner Ehefrau interessiert, kommt es zum Initiationsereignis, dem sogenannten Maskenball. Mit diesem Event geht die Frau in den vollständigen Besitz der Loge über, während du selbst den Status eines regulären Mitglieds erwirbst. Danach darfst du nie mehr Sex mit einer nicht zur Loge gehörenden Frau haben. Ein Übertreten dieser Regel würde deinen sofortigen Ausschluss aus der Gemeinschaft zur Folge haben, wodurch du alle deine Rechte verlierst, selbst an deiner Ehefrau, die weiterhin im Besitz der Loge bleibt, dort nun aber zu einer herrenlosen Hündin degradiert wird, was – wie man hört – kein einfaches Leben sein soll.

Sag mal, warum schaust die die ganze Zeit so ernst?«

Sie rang nach Luft.»Das wundert dich noch? Vor wenigen Augenblicken schworst du mir deine ewige Liebe, und jetzt muss ich mehr und mehr erkennen, dass hinter all dem nur ein von langer Hand geplanter Coup steckte?« Ihre aufrichtige Empörung klang in jedem ihrer Worte mit. Verkrampft lächelte er sie an.

»Nun, dass ich dir all diese Geheimnisse anvertraue, beweist doch, wie aufrichtig ich es mit dir meine, jedenfalls mittlerweile.«

Energisch schob sie ihr Kinn vor.

»Lassen wir das für einen Augenblick mal so stehen, denn ich möchte wetten, dass du noch gar nicht fertig warst und gleich noch viel schlimmere Dinge zum Vorschein kommen, oder? Was darf ich mir denn unter einer herrenlosen Hündin vorstellen? Vielleicht wäre das etwas für mich.« Gespannt schaute sie ihm in die Augen.

»Diese Frauen erhalten gleich zu Beginn als Zeichen ihres Außenseiterdaseins ein Branding, und zwar die gesamte Wirbelsäule entlang. In aller Regel leben sie beim Boss und werden von ihm tatsächlich fast wie Hündinnen gehalten. Sie können jederzeit von jedem bestiegen werden, jedoch normalerweise nur in ihren Arsch und ihren Mund, denn in ihrer Fotze tragen sie für gewöhnlich einen Keuschheitsgürtel, der verhindern soll, dass sie ungewollt trächtig werden oder beim Sex zu viel Lust empfinden. Und wenn du mal etwas Neues ausprobieren willst, dir aber nicht sicher bist, wie dies deiner Auserkorenen bekommt, kannst du sie dir für deine Versuche ausleihen. Nach meiner Kenntnis haben wir zurzeit nur zwei, weil Logenmitglieder normalerweise nicht so verrückt sind, sich mit irgendeiner, nicht der Loge gehörenden Frau einzulassen. Wozu auch? Man hat doch sowieso schon alles, was sich der Mensch erträumt! Außerdem sind einige Hündinnen wieder zu ganz normalen Logen-Frauen zurückgeführt worden. Es kann ja durchaus vorkommen, dass einem Logenmitglied die Ehefrau verstirbt ...«

»... oder sie ihm davonläuft ...«, unterbrach sie ihn.

»... sie ihm verstirbt. In dem Augenblick würde der Ehemann automatisch in den assoziierten Status zurückversetzt werden. Alternativ könnte er sich aus dem Pool der Hündinnen eine neue Ehefrau aussuchen und Vollmitglied bleiben.«

Carinas Blick hatte in der Zwischenzeit etwas ausgesprochen Spöttisches angenommen.

»Ja, mach dich ruhig lustig über uns, aber viele unserer Gesetze haben auch ganz profane Gründe, nämlich unter anderem dafür zu sorgen, dass sich in der Gruppe keine Geschlechtskrankheiten ausbreiten können. Die generelle Regel lautet deshalb ähnlich wie in einer guten Ehe: Wer fremdgeht, der fliegt raus. Dies gilt in jedem Fall für uns Männer, bei Frauen jedoch nur, wenn sie sich dabei etwas eingefangen haben. Wenn nicht, lässt man bei ihnen auch schon einmal Gnade vor Recht ergehen und degradiert sie lediglich zu Hündinnen.«

»Das nennst du Gnade?« Fassungslos schüttelte sie den Kopf.

»Nun, sie können immerhin bleiben. Bei uns Männern ist man viel rigoroser. Wir fliegen sogar raus, wenn lediglich unsere Ehefrauen fremdgegangen sind. Du musst dir das einmal vorstellen: Du gehst fremd, und dafür wirft man mich aus der Loge, während du als Hündin bleiben darfst. Also ich empfinde das alles andere als gerecht.«

»Interessant dies so zu sehen. Na ja. Sagtest du übrigens vorhin ›der Loge angehörenden Frau‹ oder tatsächlich ›der Loge gehörenden Frau‹?«, fügte sie mit ernstem Gesicht an.

»Oh, das hast du schon ganz richtig verstanden. Carina, nimm dich als Beispiel: Du gehörst nicht zur Loge, sondern der Loge. Bei mir ist das natürlich etwas anderes: Ich bin ein reguläres Mitglied unserer Gemeinschaft und könnte sie deshalb jederzeit verlassen, allerdings selbstverständlich nur ohne dich, da du – wie gesagt – nicht mir, sondern der Loge gehörst. Dein Schicksal wäre ab dann der einer herrenlosen Hündin.«

Ihr Lachen wirkte nervös und boshaft zugleich.

»Irgendwie scheint alles ganz automatisch darauf hinauszulaufen.«

»Carina, nun sei bitte nicht so bissig! Lass es mich dir einfach erklären.« Seine Verärgerung war ihm deutlich anzusehen. Doch sie ließ nicht locker.

»Warum sollte eine bald herrenlose Hündin nicht auch mal bissig sein dürfen? Ist das nicht sogar deren Natur?«

»Carina, nun komm bitte wieder etwas herunter! Für dich besteht überhaupt keine Gefahr, in einen solchen Status abzugleiten. Aber ich will dir einmal erklären, warum du wirklich unserer Gemeinschaft gehörst und nicht mir, und was das mit deiner Ausgangsfrage zu tun hat.

Ab deiner Initiation – dem Maskenball also – wirst du ausschließlich nur noch von den anderen Männern der Loge besamt, niemals mehr von mir. Die Vorstellung dabei ist, dass deine vorherige Bindung an mich mehr und mehr einer Bindung an die gesamte Gemeinschaft weicht. Dazu ist es allerdings erforderlich, dass du von möglichst vielen verschiedenen Männern bestiegen wirst, und nicht nur von stets den gleichen wenigen, weil sonst die Gefahr besteht, dass deine Bindung lediglich von mir auf einen anderen wechselt, und damit wäre noch nicht wirklich etwas gewonnen. Wir möchten ja, dass du dich als Eigentum aller verstehst.

Allerdings soll wohl immer wieder die Erfahrung gemacht worden sein, dass einige Frauen dennoch eine starke Affinität zu einer oder maximal drei Personen entwickeln, und zwar insbesondere dann, wenn auch noch der Faktor Peitsche im Spiel ist.«

Aufmerksam richtete sie sich auf. »Der Faktor Peitsche?«

»Ja«, erläuterte er ihr nüchtern. »Der stellte sich nämlich im Laufe der Zeit als ein weiterer nicht weniger starker Bindungsfaktor heraus, speziell dann, wenn der Akt mit einer Besamung einhergeht.

Wenn ein Mann einer Frau mit der Peitsche solche Schmerzen zufügt, dass sie sich ihm hilflos unterlegen und von ihm beherrscht fühlt, sie in diesem Moment absolut bereit ist, wirklich alles für ihn zu tun, und er sie genau dann auch noch besamt, soll eine ganz besonders intensive Bindung von ihr an ihn entstehen können. Mit der Peitsche macht er sie psychisch von sich abhängig, und mit ihrer Besamung physisch. Kannst du das verstehen?«

Sie blickte ihn an, als wäre ihr eine plötzliche Erleuchtung zuteilgeworden.

»Und ob! Jetzt wird mir sogar so manches sonnenklar. Doch sag: Führt dein Klub darüber wissenschaftliche Untersuchungen durch, oder wie darf ich mir das vorstellen?«

»Carina, mein Klub ist auch dein Klub, und zwar in Form deines Eigentümers, vergiss das bitte nie.« Energisch versuchte er, sie an ihren Logenstatus zu erinnern. »So und zu deiner Frage: aber natürlich! Einerseits werden wir regelmäßig im Internet über die neuesten Forschungsergebnisse informiert, was aber nicht jeden von uns anspricht. Daneben finden weitere gemeinschaftliche, nur uns Männern vorbehaltene Informationsabende statt, auf denen uns diverse Experten die Quintessenz ihrer Forschungsarbeiten zur systematischen Unterwerfung und Bindung von Frauen präsentieren. Wie du siehst, geht es bei uns letztlich streng wissenschaftlich zu. Wir tun nichts, was nicht irgendwie empirisch gut abgesichert wäre. Auch hierfür sollen sich die Hündinnen als sehr nützlich erwiesen haben.

Weil die Untersuchungen zur Effizienz der Peitsche nun einmal da waren, konnten wir sie nicht länger ignorieren, mit dem Erfolg, dass eine Frau bei etwaigen Verfehlungen – aber meinetwegen auch nur zum eigenen Vergnügen – niemals von ihrem Ehemann, sondern immer nur von anderen gepeitscht werden darf. Auch das dient, wenn du so willst, nur der Festigung ihrer Bindung an die Loge.«

»Hast du denn auch schon einmal eine andere Frau geschlagen?« Ihr Blick war offen und von einem echten Interesse getragen.

»Aber selbstverständlich, und zwar bereits am allerersten Tag meiner Vollmitgliedschaft, am Tag deiner Initiation. Wie du dich sicherlich erinnerst, kam es damals zu einem unerwarteten Vorfall mit Bea und Vivian. Es stand für alle Beteiligten von Anfang an fest, dass nur mir das Recht ihrer Züchtigung zustand, denn einerseits warst du – meine Ehefrau also – der Auslöser ihrer Störung, andererseits hatte ich dich gerade der Gruppe zugeführt, womit ohnehin gewisse Privilegien verbunden waren.«

Missmutig schüttelte sie ihren Kopf.

»Sie zu schlagen waren für dich Privilegien? Sonderbar! Warst du denn zu den beiden sehr streng?«

»Sehr sehr streng sogar«, bestätigte er fast inbrünstig. »Denn immerhin bist du meine Ehefrau, von der sie etwas wollten.«

Sie runzelte ihre Stirn. »Nun, sicherlich nicht so viel, wie alle anderen ständig etwas von mir wollen. Und eigentlich hättest du auch wissen müssen, dass mir das ›Wollen‹ der beiden nichts ausmachte.«

Es war ihm anzusehen, dass ihm das Thema unangenehm war.

»Wenn ich es tatsächlich sicher gewusst hätte, hätte ich es postwendend melden müssen.«

»Aha. Erstaunlich. Und dann waren wirklich alle ihre Striemen, die man selbst einige Tage später noch ganz klar bei ihnen erkennen konnte, von dir?«

»Ja, ohne Ausnahme alle.« Er sagte den Satz mit einem solchen Stolz, als habe er eine einzigartige Leistung vollbracht, die es zu würdigen galt.

»Und hat dir die Züchtigung Spaß gemacht? Aber lass mal, ich glaube, ich kann mir die Antwort schon selbst geben, oder?« Halb ängstlich, halb ehrfurchtsvoll blinzelte sie in seine Richtung.

»Sehr großen Spaß sogar, zumal sie nicht wussten, wer ich war. Normalerweise habe ich mit den beiden nur Sex, was meistens auch sehr schön ist. Aber das war irgendwie noch viel mächtiger und geiler als alles, was mir bis dahin bekannt war. Nie zuvor habe ich Frauen so willig erlebt, wie die beiden während und unmittelbar nach ihrer Züchtigung.

Auch kamen sie mir stellenweise wie Tiere vor, wie eine Art, die unter mir steht. Anfangs war mir die Sache extrem unangenehm. Ich hatte mein ganzes Leben über die größten Skrupel, meine Hand gegen Frauen zu erheben. So etwas machte man in meiner Vorstellung nicht. Hier jedoch sollte ich es tun, ja ich musste es. Man wäre bitter enttäuscht gewesen, wenn ich ihnen gegenüber nicht angemessen von meinem Recht als deinem Ehemann Gebrauch gemacht hätte.

Schon der erste Schlag veränderte alles. Er war noch nicht allzu fest und traf Vivian lediglich auf ihre Oberschenkel. Und dennoch empfand ich das, was er bei ihr auszulösen vermochte, als überwältigend. Ihr Blick war der eines Tieres, das sich mir bedingungslos unterordnete. Binnen ganz kurzer Zeit verlor ich alle meine Skrupel. Später kam dann große Freude dazu. Echte Freude. Zum Beispiel, als ich der ans Andreaskreuz gefesselten Vivian abwechselnd ihre Brüste hob, um sie in der Position besser treffen zu können. Sie war so dankbar und fügsam, als ich sie nach Beendigung der Züchtigung zum Orgasmus fingerte.

Doch sag mal, du erwähntest eben, dass dir nun so manches sonnenklar wird. Was meintest du denn damit?«

Verlegen schlug sie ihre Augen nieder.

»Na ja«, begann sie fast verschämt. »Es gibt da einen Mann, von dem ich dir bislang noch so gut wie gar nichts erzählt habe. Kennengelernt habe ich ihn auf dem Segeltörn, der kurz nach meiner Aufnahme zwecks meiner weiteren Ausbildung oder meinetwegen auch Zureitung durchgeführt wurde. Ich dachte zunächst, der sei nur ein wenig sehr sadistisch, halt ein bisschen brutaler als die anderen, weil er mich immer ganz besonders intensiv schlug. Damals glaubte ich noch, es ginge vor allem darum, mir einzubläuen, dass ich jederzeit von jedem fickbar wäre, und ich dies zu akzeptieren hätte. Jetzt, nach deiner Erzählung, bin ich mir aber fast sicher, dass dies lediglich meiner Unterwerfung, aber auch festen Bindung an ihn diente. Und die besteht zu ihm tatsächlich.

Schon wenn er zur Türe hereinkommt, fühle ich mich ihm gegenüber wie eine aufgeregte Fünfzehnjährige. Mein Herz beginnt zu rasen, und dann hüpfe ich auch sogleich ins Schlafzimmer und lege ihm die Peitsche zurecht, die ich für ihn aufbewahre. Bald darauf gesellt er sich zu mir, packt mich an den Haaren und fordert mich auf, mich vor ihm auszuziehen, wobei er sich alles haarklein anschaut und auch betatscht, was ich sukzessive für ihn freilege. Ich kann es kaum erwarten, endlich ganz nackt vor ihm zu stehen. Wenn ich so weit bin, dreht er mich einmal um die Achse und zieht sich dann ebenfalls aus. Mann, was für ein Kerl, was für ein Body! Allein schon seine pure Körperlichkeit beeindruckt mich jedes Mal aufs Neue. Eine richtige Urgewalt von Mann: Muskeln, wo man nur hinschaut, und mindestens anderthalb Kopf größer als ich ist er auch! Außerdem riecht er immer so kraftvoll männlich. Er muss mich nur kurz anschauen, wie ich nackt, hilflos und ängstlich vor ihm stehe, prompt hat er einen Steifen, und was für einen.

Ja und dann geht es auch gleich zur Sache. Ein fester Griff an meine Taille, und ich werde wie eine Feder angehoben und direkt auf seinen steil aufgerichteten Schwanz gesetzt, was jedes Mal ganz leicht geht, da meine Möse zu dem Zeitpunkt bereits klatschnass ist.

Dann fickt er mich im Stehen durch, aber es ist viel mehr als das. Mit seinen beiden Händen unter meinem Po hebt und senkt er mich abwechselnd an und ab. Damit ich dabei nicht versehentlich herunterfalle, schlinge ich meine Ärmchen um seinen

Stiernacken. Es ist dermaßen geil, sage ich dir. Aber da ist noch etwas anderes, was dich vielleicht schockieren wird. Ich werfe beim Ficken meinen Kopf in den Nacken und mache meinen Mund weit auf. Und genau darin spuckt er hinein. Beigebracht hat er mir das auf dem Segeltörn. Erst wollte ich überhaupt nicht, habe mich geekelt und auch gewehrt, was mir aber nicht gut bekommen ist. Weißt du, auf den Törns ist man als Frau den Männern völlig ausgeliefert. Du hast dort nach einiger Zeit nur noch das Gefühl, ein Stück Fleisch zu sein, mit dem sie tun können, was sie wollen, und zwar innerlich wie äußerlich. Und dann bist du auch nur noch Fleisch Irgendwann habe ich es akzeptiert und ihn einfach machen lassen. Jetzt ist es selbstverständlich, oder anders gesagt: Mir würde ohne seinen Speichel etwas fehlen.

Wenn er in mir gekommen ist, wirft er mich aufs Bett und ich darf dabei meine Beine über seine Schultern legen. Jetzt, nachdem du das erzählt hast, wird mir auch der Sinn dafür klar. Der möchte unbedingt seinen Samen möglichst lange in mir belassen. Meist ist danach erst einmal eine Pause angesagt, in der ich ihm etwas zu Trinken bringe. Wenn er pinkeln muss, lässt er es einfach in meinen Mund laufen, wobei er genau darauf achtet, dass absolut kein Tropfen verloren geht.

Danach kommt der schlimmste, für mich aber auch der emotionalste Teil unseres Zusammenseins. Auf den bin ich regelrecht süchtig. Er will, dass ich mich direkt neben ihn stelle, wobei er mich fest an meinem Schopf packt und mir den Kopf in den Nacken zieht. Und dann kommt die Peitsche dran. Es ist nur eine ganz flache, die keine richtig tiefen Fleischwunden hinterlässt, aber dennoch kann sie äußerst schmerzhaft sein, jedenfalls, wenn man sie so einsetzt, wie er das tut. Anfangs schlägt er nur auf meine Oberschenkel und meine Muschi, die er ab da sowieso nicht mehr benötigt, weil sie schon dran war. Ich weiß nicht, ob du dir die Szenerie richtig vorstellen kannst: Ich stehe wie ein kleines, hilfloses Mädchen direkt neben ihm, werde nur an meinem Schopf gehalten, und dann kommen von der Seite diese Peitschenhiebe. Einer nach dem anderen. Und sie wollen nicht aufhören. Dabei sagt er Dinge wie: ›Nun zappel nicht rum‹, oder ›Halt die Beine stiller, damit ich dich besser treffen kann‹. Manchmal ist auch ein Lob dabei, wie: ›So ist es besser‹ oder ›Siehst du, du kannst es doch‹. Doch nach einiger Zeit macht mein Kreislauf nicht mehr mit, und ich werde wie von selbst in die Knie gezwungen, was ihn aber überhaupt nicht zu stören scheint, denn er macht unterbrechungsfrei in gleicher Schlaghöhe weiter, und da befinden sich jetzt meine Brüste. Seine geradezu demonstrative Skrupellosigkeit mir gegenüber empfinde ich als äußerst erotisch.«

Tobias Gesichtsausdruck war während ihrer Erzählung zunehmend ernster geworden.

»Fesselt er dich dabei?«

»Nein, niemals!«, fuhr sie mit erregter Stimme fort. »Das wäre auch nicht angemessen, da jeglicher Widerstand meinerseits sowieso zwecklos ist. Eine Katze bindet ihrem gefangenen Mäuschen schließlich auch nicht vorher die Beine zusammen, bevor sie mit ihm spielt. Nein, nein, wir wissen beide, dass dies absolut nicht notwendig ist, was die Sache relativ einfach und klar macht: Er herrscht und ich füge mich. Die Freiheiten, die er mir scheinbar gewährt, sind Teil seiner bewussten Machtdemonstration.

Wenn er vom Peitschen genug hat, steckt er mir seinen Schwanz in den Mund und fickt mich. Das ist für ihn recht praktisch und auch naheliegend, da ich ohnehin schon knie, er von seiner Seite also nichts ändern muss. Doch jetzt kommt der andere wichtige Punkt, der sich auf deinen Bericht bezieht. Nachdem er gekommen ist, darf ich seinen Samen auf keinen Fall gleich schlucken, wie es die meisten anderen wollen. Stattdessen soll ich ihn möglichst lange im Mund behalten. Zwischendurch will er ihn ein paar Mal sehen, wohl auch, damit ich nicht heimlich schummele, was aber gar nicht so einfach ist. Lange Rede kurzer Sinn: Offenbar legt er den größtmöglichen Wert auf die unmittelbare Weitergabe seiner geheimen ›Sperma-Informationen‹ mittels meiner Zunge direkt in mein Gehirn. Mir kam das immer wie ein Spleen vor, und ich dachte manchmal zu mir: ›Sieh mal einer an, irgendeine Macke hat auch der stärkste Kerl!‹ Was mich offen gestanden ein wenig beruhigte, da er dadurch wieder mehr Normalmaß bekam.

Der Abend mit ihm klingt stets mit einem sehr langen Arschfick aus, den ich sehr genieße, da ich zu dem Zeitpunkt bereits total entspannt bin. Es ist so etwas von geil, ich kann dir gar nicht sagen, wie! In den Momenten komme ich mir wie die kleine blonde Ann Darrow vor, wenn sie von King Kong zunächst zurechtgelegt, umschlungen und dann brutal in ihr Hinterteil gefickt wird. Ich bin ihm in der Situation völlig ausgeliefert: Kein einziger Millimeter meines Körpers ist vor ihm geschützt, und seine Pranken sind überall, greifen nach allem was ich habe, und das nicht etwa sanft und zärtlich, sondern stark und kraftvoll, wie es seine Art ist. Wenn er mir an meine Achseln fasst und dann an meine Brüste, habe ich nur noch einen einzigen Gedanken: ›Ja, hinterlass auch dort deine Liebesspuren. Mach mir mehr schöne blaue Flecke, die mich tagelang an dich erinnern, so wie dein Samen, den ich bereits in mir trage.‹ Dann wiederum stelle ich mir vor, seine nächste kräftigende Mahlzeit zu sein, die er bereits mit seinem gewaltigen Stachel betäubt hat und die er nun mit seinen Armen umschlungen hält, um sie Zentimeter für Zentimeter zu sich zu ziehen und sich einzuverleiben.

Nachdem er mich tief in meinen Po besamt hat, wuschelt er mir die Haare und küsst mich liebevoll auf den Nacken. Danach dreht er mich auf den Rücken und wir tauschen eine geschlagene halbe Stunde Zungenküsse aus, wobei er mich mit einer Hand fingert – ganz große Klasse übrigens –, sodass ich erneut das eine oder andere Mal komme. Man könnte diesen Ausbruch spontaner Zärtlichkeit meines großen, starken King Kongs als Zeichen seiner Befriedigung interpretieren, ich jedoch erlebe die Geste als einen Ausdruck seiner tiefen Liebe zu mir, vielleicht nicht ganz so stark, wie in den Momenten, in denen er mich peitschend auf die Knie zwingt, aber das ist ein anderes Thema. Gleich darauf ist er weg, ohne noch einmal Lebwohl zu sagen.

Meist mache ich dann recht bald das Licht aus und träume von seinem wundervollen Körper, auf den ich richtig süchtig bin. Ich genieße es, so ganz ungewaschen im Bett zu liegen und überall nach ihm zu riechen. Irgendwann schlafe ich erschöpft ein und wache erst am nächsten Vormittag wieder auf. Zwar kann man die Kampfspuren dann noch sehen, aber sie sind nicht mehr so stark, wie noch am Abend zuvor. Na ja, außer den blauen Flecken vielleicht, die kommen erst noch.«

»Ach so. Und ich wunderte mich schon, warum du manchmal die ganze Nacht wegbleibst, und zwar immer nur donnerstags«, fügte er scheinbar beiläufig hinzu. In Wirklichkeit rang er längst mit seiner Fassung.

»Richtig, das ist sein Tag. Außerdem kommt er stets relativ spät am Abend, ich glaube fast, damit sich meine Rötungen über Nacht schon etwas zurückbilden können, wenn er mich mal etwas fester schlägt.«

Tobias schaute sie betroffen an.

»Hm, irgendwie hat mich deine Erzählung sehr schockiert und verunsichert. Ich hatte bislang keine rechte Vorstellung davon, welche konkreten Auswirkungen das Logenleben auf meine eigene Ehefrau hat. Möglicherweise habe ich den Gedanken aber auch zu leichtfertig verdrängt, und stets nur geglaubt, ich könnte bei allen anderen Frauen meine Lust ausleben, meiner eigenen Ehefrau würde dagegen niemals etwas passieren. Wie ich jetzt sehe, war das wohl ein Fehler. Weißt du, ich liebe dich wirklich, auch wenn du es mir nach der Vorgeschichte vermutlich nicht mehr glaubst. Zunächst war ich in unserer Beziehung tatsächlich sehr planmäßig vorgegangen: Es ging mir in erster Linie um die volle Mitgliedschaft in der Loge, und zwar allein schon aus beruflichen Gründen. Doch spätestens auf unserer Hochzeitsreise verliebte ich mich fast unsterblich in dich und dein ganzes anmutiges Wesen. Wenn ich dich jetzt aber so reden höre, beschleicht mich das Gefühl, ich könnte dich verloren haben. Oder täusche ich mich?« Sichtlich nervös schaute er ihr in die Augen.

»Nein Tobias, du täuschst dich keineswegs. Und ich befürchte, es ist bei uns am Ende genau das eingetreten, was ihr mit eurer Loge letztlich auch beabsichtigt, nämlich die Lösung der inneren Bindung der Ehefrau an ihren Ehemann. Die ist bei mir nicht mehr vorhanden, jedenfalls bei Weitem nicht in dem Maße, wie sie zu anderen Logenmitgliedern besteht. Schau mal, wenn der Mann, von dem ich dir gerade erzählt habe, jetzt in diesem Augenblick auf unseren Tisch zusteuerte, und von mir hier vor allen Gästen einen geblasen bekommen möchte, dann würde ich ihm diesen Wunsch erfüllen, und zwar sogar liebend gerne. Mir wäre es völlig egal, was die anderen Gäste über uns dächten, denn für mich spielten nur seine Wünsche eine Rolle. Bei dir würde ich dagegen ein entsprechendes Ansinnen empört zurückweisen. Nun überlege mal, was das über uns sagt. Außerdem überzeugt mich eure sonderbare Besamungstheorie nicht. Ich glaube, dass die psychische Bindung, die durch Schmerzen und Dominanz entsteht, und die ich bei ihm ganz intensiv bis in meine Zehenspitzen hinein spüren kann, viel stärker ist, als all das, was das bisschen Information, das ihr uns angeblich mit eurem Samen rüberschiebt, zu leisten imstande ist. Aber vielleicht irre ich mich auch.«

Sein Blick war leer, als er die für ihn entscheidende Frage stellte:»Was schlägst du vor? Und wie soll es mit uns weitergehen?«

»Tobias, ich weiß es ehrlich gesagt selber nicht. Ich werde mich morgen zunächst mit Irina besprechen. Auch die hat letztlich ein Anrecht darauf zu erfahren, was in eurer *wissenschaftlichen* Loge hinter den Kulissen läuft. Wir werden sehen. Von einigen Personen und Praktiken fühle ich mich mittlerweile so abhängig, wie ein Drogensüchtiger von seinem Stoff. Das habt ihr wirklich fein hinbekommen: alle Achtung! Aber vielleicht entscheide ich mich schließlich auch für die wohl einzig sinnvolle Maßnahme, die man in entsprechenden Fällen zur Anwendung kommen lassen sollte, nämlich den Entzug.

Mein Problem ist, dass ich meinen Gefühlen nicht mehr traue. Beispielsweise kann ich nicht beurteilen, ob ich mich diesem Mann tatsächlich aus freien Stücken und aus Liebe unterwerfe, oder ob ich all das für ihn tue, weil er mich längst unterworfen hat. Ich weiß es nicht. Und ich befürchte, dass ich es innerhalb der Loge auch nicht herausfinden werde.

Aber vielleicht ist für mich momentan eine Muschi sowieso viel besser als die ganzen Schwänze Im schlimmsten Fall müsstest du dich mit Irinas Ehemann zusammentun und die beiden verbliebenen Hündinnen auslösen, was denen bestimmt sehr gut täte ...«

EROTISCHES INSTRUMENT

Eigentlich hasste es Lisa, die ganze Woche über von zu Hause weg zu sein, denn im Grunde war sie ein eher häuslicher Typ. Sie mochte ihre hübsche Altbauwohnung, die sie zusammen mit ihrem Mann Jochen vor nun bald zehn Jahren gekauft und eingerichtet hatte, und auch ihn liebte sie nach mehr als fünfzehn gemeinsamen Jahren noch immer, wenngleich nicht mehr ganz so leidenschaftlich, wie zu der Zeit, als sie sich gerade kennengelernt hatten und frisch ineinander verliebt waren.

Doch was sollte sie tun? Sie war zwar eine sehr gefragte, selbstständige Juristin und ausgewiesene Expertin für Vertragsrecht, auf der anderen Seite stand für sie jedoch auch fest, dass sie es mit ihren jetzt bald vierzig Jahren in Zukunft nicht mehr ganz so leicht haben würde, wie noch mit Anfang dreißig, als sie bei Verhandlungen alle anwesenden Männer mühelos um den Finger wickeln konnte, und zwar selbst dann, wenn sie sich einer Sache einmal nicht so sicher war. Sie hatte sich deshalb gefreut, als sie von einer Münchner Sozietät das sehr lukrative Angebot erhielt, für sie als externe Mitarbeiterin den gesamten Vertragsrechtsbereich für die nächsten drei Jahre zu verantworten, mit der zusätzlichen Option, danach ganz bei ihnen einzusteigen.

Doch darüber wollte Lisa zurzeit nicht nachdenken, weil eine solche Entscheidung zwangsläufig den Umzug nach München zur Folge gehabt hätte, und das wiederum die Trennung von Jochen, der als Hochschulprofessor fest an seinen Lehrstuhl und damit an Hamburg gebunden war. Und eine Ehe, bei der man sich nur alle drei Wochen und im Urlaub sah, wäre ihrer Meinung nach – und der Jochens vermutlich auch – keine wirkliche Ehe mehr gewesen.

Schon den jetzigen Zustand empfand sie als äußerst bedrückend und so gerade eben noch hinnehmbar. Üblicherweise flog sie montags morgens mit einer der ersten Maschinen von Hamburg nach München, um erst am Freitag relativ spät abends wieder zurückzukehren. So blieb ihnen wenigstens das Wochenende, das sie beide nach Möglichkeit ganz für sich privat freihielten. Früher nahm er sich gerade dann recht viel Arbeit mit nach Hause, was er aber ihr zu Liebe nun, so gut es eben ging, vermied.

In München hatte sie sich standesgemäß im Hilton einquartiert. Ihr komfortables Doppelzimmer, das sie weniger als einen Stundensatz kostete, buchte sie gleich ein Jahr im Voraus, und zwar für jeweils die ersten vier Tage in der Woche, damit auch dieser Punkt zu ihrer Zufriedenheit gelöst war. Ihr Leben verlief also letztlich wieder in ganz geordneten Bahnen.

Wenn da nicht Marcel gewesen wäre.

Tagsüber befand sie sich in München fortwährend im Stress, hetzte von einem Meeting zum nächsten, beantwortete E-Mails, las Dokumente oder schrieb selbst welche, doch kaum war sie abends auf ihrem Zimmer angekommen, erfasste sie ein tiefes Gefühl der Leere, Einsamkeit und Traurigkeit. Dann telefonierte sie zunächst mit Jochen, der ihr aber ihre unbehaglichen Gefühle nicht nehmen konnte. Sie überlegte sich, bei nächster Gelegenheit einmal einen Facharzt aufzusuchen, denn immerhin konnten dies ja bereits die ersten Symptome der ihr irgendwann bevorstehenden Wechseljahre sein, die sich auch bei ihrer Mutter recht frühzeitig eingestellt hatten.

Anfangs versuchte sie abends noch ein wenig zu lesen, und zwar meist irgendwelche historischen Liebesschmöker, wie sie es seit ihrer Mädchenzeit vor dem Einschlafen tat, doch schon nach wenigen Wochen gab sie auch das auf, da sich ihre Gedanken nur noch im Kreise drehten, und sie bei ihrer Lektüre kaum mehr von der Stelle kam.

Eines Tages musste sie mit einer Kollegin bis spät in den Abend hinein konzentriert und angestrengt an einem dringenden Fall arbeiten, was sie beide dermaßen ausgelaugt hatte, dass sie im Anschluss daran gemeinsam ihre Hotelbar aufsuchten, um ein wenig zu relaxen und besser schlafen zu können. Schon der erste Schluck ihres Proseccos löste eine solche Entspannung und unerwartete Heiterkeit in ihr aus, dass sie unmittelbar und für alle Zeiten für weitere einsame Abende auf ihrem Hotelzimmer verloren war.

Aber dies lag wohl nicht nur an dem von ihr gewählten köstlichen Getränk und dem sich darin befindlichen Alkohol, sondern auch an der ganzen Atmosphäre, die sie dort umgab, wozu nicht nur die vereinzelten einsamen und scheinbar gänzlich in sich versunkenen, überwiegend männlichen Gestalten beitrugen, sondern auch das geradezu atemberaubend schöne Klavierspiel, welches auf einem von künstlichen Pflanzen umstellten und dadurch für sie nicht einsehbaren Flügel zum Klingen gebracht wurde. Stellenweise erinnerte sie die dargebotene Musik an Keith Jarrett und dessen berühmtes Köln Concert, welches schon immer zu ihren absoluten Lieblingsaufnahmen gehörte, zumal sie damit sehr viele persönliche Erinnerungen verband. Sie beschloss noch auf der Stelle, sich in Zukunft jeden Abend an die Bar zu setzen und sich einen kleinen Absacker zu genehmigen, wie sie ihre alkoholische Auffrischung liebevoll nannte. Schon bald sollten aus dem einen Getränk zwei oder gelegentlich auch drei werden.

Auch wenn die von der Hotelbar ausgestrahlte Stimmung eher etwas Deprimierendes an sich hatte, fühlte sie sich dort jedoch sehr heimisch, schließlich entsprach sie exakt ihren momentanen Empfindungen. An manchen Abenden kam sie sich gar wie ein hoffnungslos in ihren Traummann verliebtes junges Mädchen vor, der aber bereits den ganzen Abend mit einer sehr aufreizend gekleideten Schönen tanzte und somit für sie keine Augen hatte. Als dann exakt in einem solchen Moment auch noch ein regelrecht tragisch intoniertes »Save the last dance for me« durch den Raum schwebte und jeden Winkel zu erobern begann – ihr Herz natürlich auch –, bestellte sie sich rasch einen weiteren Prosecco und trocknete zugleich ihre Wangen diskret mit einem Taschentuch. Denn die anderen Gäste sollten nicht merken, wie es innerlich um sie stand, und dass sie längst ganz verhalten zu weinen begonnen hatte.

»Darf ich mich ein wenig zu Ihnen gesellen?«

Sie erschrak, als eine angenehm männliche Stimme sie aus ihren Tagträumen riss. Verwirrt, wie sie war, versuchte sie sich zu sammeln, um aber sogleich enttäuscht festzustellen, dass die wunderschöne Musik in der Zwischenzeit verklungen war. Neben ihr stand ein elegant gekleideter, hochgewachsener und hinreißend lächelnder junger Mann von vielleicht zweiundzwanzig Jahren, der ihr auf Anhieb sehr sympathisch war.

»Warum eigentlich nicht? Ich wollte ohnehin nur noch die Musik zu Ende hören, meinen Drink leeren und mich dann schlafen legen. Aber gerne können wir uns so lange noch unterhalten«, brachte sie betont nüchtern hervor.

Der junge Mann nahm neben ihr Platz und schloss sich ihrer Getränkewahl an. Unvermindert neugierig schaute er sie an.

»Ich glaube, die Musik ist für heute bereits zu Ende, jedenfalls ist sie das sonst immer um diese Zeit. Hat sie Ihnen gefallen? Ach, wenn ich mich vorstellen darf: Ich heiße Marcel.«

Seine geschliffenen Umgangsformen weckten ihr Interesse.

»Angenehm, und ich Lisa.« Sie nickte ihm freundlich zu.

»Ja sehr sogar. Auch wenn sie mich jedes Mal ziemlich traurig macht. Doch im Grunde komme ich ausschließlich wegen der Musik hierher, und ich möchte sie an keinem Abend mehr missen. Was ich nur sehr schade finde, ist, dass man nie den Künstler zu sehen bekommt. Anfangs dachte ich noch, dies wäre eines jener modernen Pianos, in die man lediglich eine CD einlegt, woraufhin das Instrument alles von ganz alleine macht, so perfekt klang die Musik. Doch dann fiel mir auf, dass die Stücke, die ich schon gehört hatte, jedes Mal ein wenig anders klangen.«

»Ich glaube, die großen Hotels wollen das nicht anders als so. Einerseits dient die Abschirmung der Lautstärkereduzierung. Ein Flügel kann bei entsprechendem Anschlag ganze Konzertsäle füllen, so aber bleibt die Musik stets im Hintergrund, und die Gäste können sich problemlos unterhalten. Außerdem geht es den Hotels nicht um die Kunst, sondern um ihre Kunden, hinter deren Interessen die Künstler zurückzustehen haben. Es ist so ähnlich wie bei einem Boeuf Stroganoff: Für die Gäste sind die Speisen und Getränke und das Ambiente ausschlaggebend, keineswegs jedoch der Koch, der sie zubereitet. Der werkelt unerkannt und ungelobt in der Küche.« Während seines gestenreichen Vortrags wirkte er äußerst engagiert, so als behandele er ein Thema, das ihm tatsächlich etwas bedeutete.

Lisa schmunzelte. Seine Argumentation hatte etwas ungemein Zwingendes an sich. Für sie hinterließ er für sein Alter einen eindeutig zu kompetenten Eindruck in der Sache. Sie überlegte, ob sie es vielleicht mit einem dieser unangenehmen Aufschneider zu tun hatte, und das auch noch kurz vor dem zu Bett gehen.

»Da mögen Sie schon recht haben. Es ist trotzdem sehr schade, jedenfalls empfinde ich das so. Ich weiß nicht, warum ich das nun gerade Ihnen erzähle, ich kenne Sie ja überhaupt nicht – hm, muss wohl der Alkohol sein –, aber vorhin bei »Save the last dance« habe ich sogar ein klein wenig geweint, so wunderschön traurig hat das geklungen. Es erinnerte mich zudem an eine unerfüllte Liebe während meiner Jugendzeit.«

»Darf ich es ganz speziell noch einmal für Sie spielen?«

Sie war viel zu konsterniert, um darauf antworten zu können, doch das brauchte sie auch nicht, denn er hatte ihr die Entscheidung längst abgenommen und sich auf den Weg zu seinem Flügel gemacht.

Für sie interpretierte er den Song fast noch leidender als beim ersten Mal. Die einzelnen Töne perlten wie verloren gegangene Tränen durch den Raum und trafen sie mitten ins Herz. Der Atem stockte ihr. Sie war drauf und dran, sich hoffnungslos in den jungen Pianisten zu verlieben.

Als er zu ihr zurückkehrte, begrüßte sie ihn mit Champagner. Einladend lächelte sie ihn an.

»Ich habe mir erlaubt, Ihnen ein Glas mitzubestellen. Sie trinken doch einen Champagner mit, oder? Ach, es war einfach wundervoll, vielen Dank dafür. Sie scheinen sehr genau zu wissen, wie man sich in das Herz einer Lady spielt, nicht wahr?«

Mit einer einzigen geschmeidigen und fließend harmonischen Bewegung nahm er sein Glas in die linke Hand und setzte sich ihr zuwendend so auf den Barhocker, dass seine rechte Hand mit Leichtigkeit unter ihren Rock schlüpfen konnte, um unmittelbar oberhalb der Strumpfhalter auf ihren elegant übereinandergeschlagenen Oberschenkeln zur Ruhe zu kommen, die sie jedoch – als hätte er es befohlen – sogleich öffnete, damit er sich ungehindert zwischen ihren Beinen und im Bereich ihres magischen Dreiecks kundig machen konnte.

Dies tat er dann auch ziemlich ungeniert, denn nur wenige Augenblicke später waren seine Finger bereits unter ihren Slip geglitten, um dort ihr Unwesen zu treiben. Sie war in diesem Augenblick froh, sich wieder einmal an eine recht uneinsehbare Nische der Bar gesetzt zu haben, wie sie es an den meisten anderen Abenden pflegte, und zwar auf einen Sitz, den man in der Zwischenzeit als ihren Stammplatz hätte bezeichnen können, und von dem sie nicht nur eine ungehinderte Sicht auf den größten Teil des Raumes hatte, sondern der ihr durch den Bartresen vor ihr und die Wand hinter ihr auch ein Mindestmaß an Schutz und Privatsphäre bot.

Nachdem Marcels Finger zunächst einige Male tief in ihre Spalte vorgedrungen waren, machten sie sich ganz gezielt an ihrer Klitoris zu schaffen.

Flehentlich sah sie ihn an. »Bitte Marcel! Wenn du so weiter machst, werde ich gleich hier vor allen Leuten die Contenance verlieren.«

Ohne weiter darüber nachzudenken, hatte sie ihn ganz spontan mit ›Du‹ angesprochen.

Mit seiner ganzen intensiven Männlichkeit schaute er ihr provokativ lächelnd in die Augen, sodass auch noch der letzte Funke ihres nur schwach aufkeimenden Widerstands erlosch.

»Was ich nur allzu gerne erleben würde, oder was glaubst du, worum es mir hier gerade geht?« Sie blickte in zwei verschmitzt lächelnde Augen.

»Aber doch bitte nicht hier, Marcel. Wenn ich komme, werde ich meist sehr laut, behauptet jedenfalls mein Mann.«

Wortlos ergriff er ihre Hand und legte sie auf seine Hose, und zwar auf eine Stelle, wo sich bereits eine deutliche Wölbung abzuzeichnen begann. Mit gespielter Entrüstung flüsterte er ihr zu:

»Du spürst, was du angerichtet hast, ja? Und das auch noch als verheiratete Frau, die um diese Uhrzeit längst brav schlummernd in ihrem Bettchen liegen sollte? Lisa, für dich gibt es aktuell nur zwei Alternativen: Entweder du erlöst mich recht bald auf deinem Zimmer, oder du darfst gleich hier vor allen Leuten kommen. Du hast die freie Wahl: Ich höre!«

Schmutzig lachend fügte er hinzu:

»Offenbar höre ich also in jedem Fall von dir, was die Sache ungemein vereinfacht.«

Beschwichtigend hielt sie seine Hand fest, deren Finger sich gerade tief in ihrer Scheide verbohrten.

»Marcel, halt bitte ein, es geht wirklich nicht, ich stehe unmittelbar davor. Aber bei mir auf dem Zimmer, damit bin ich einverstanden. Ich lasse nur schnell noch alles auf meine Rechnung setzen, und dann können wir aufbrechen.«

»So einfach geht das nun auch wieder nicht, Lisa. Einerseits hast du mich so geil auf dich gemacht, dass ich erst noch ein paar Minuten der Besinnung benötige, bevor ich mich wieder ganz zwangslos bewegen kann – denn schau, was du verdorbenes Eheluder bei mir angerichtet hast –, andererseits kann ich aber auch nicht einfach mit einem Gast des Hotels Arm in Arm in dessen Zimmer verschwinden. Du müsstest also vorgehen, und ich komme in ein paar Minuten nach«, ermahnte er sie bestimmt.

»Okay, ich verstehe. Ist aber kein Problem. Mein Zimmer ist die Nummer 420. Wenn ich oben bin, lasse ich für dich die Türe einen winzigen Spalt offen. Du trittst einfach ein, schließt hinter dir wieder ab, und dann werden wir sehen. Dir jetzt schon einen Kuss zu geben, ist bestimmt keine sehr gute Idee, oder?«, fragte sie vorsichtshalber und schon ein wenig sehnsuchtsvoll nach.

»Nein Lisa, das geht absolut nicht. Aber keine Sorge, du bekommst von mir ohnehin das volle Programm.«

Mit einem liebevollen Klaps auf den Oberschenkel gab er ihr seine zunehmende Ungeduld zu verstehen.

»Ich kann es kaum erwarten, dich endlich ganz zu sehen, zu spüren, zu riechen, zu schmecken und natürlich auch zu hören. Und nun spann mich nicht weiter auf die Folter und mach endlich, dass du auf dein Zimmer kommst!«, bedrängte er sie noch einmal.

Erst im Fahrstuhl wurde ihr so richtig bewusst, was sie gerade vorhatte, nämlich einen ganz klassischen Ehebruch zu begehen. Doch für Reue war es nun zu spät, denn in einem Punkt war sie sich absolut sicher: Ihre Lust und Neugier waren um ein Vielfaches größer, als die in ihr eher halbherzig aufkeimenden Gewissensbisse.

Und ja, sie wollte diesen Mann, und nichts in der Welt hätte sie jetzt noch umstimmen können.

Im Zimmer angekommen zog sie sich rasch aus, machte sich ein wenig frisch, öffnete wie versprochen einen Spalt weit die Zimmertüre, heftete das ›Do not disturb‹-Schild an die Außenklinke und legte sich dann, so wie sie war, ins Bett, wobei sie nur eine einzige, schummrig leuchtende Lampe anließ. Sie hatte es sich gerade im Bett bequem gemacht, als sie die Zimmertüre ins Schloss fallen hörte. Eine Mischung aus Vorfreude und Angst erfasste sie: Er war nun da. Nervös wartete sie darauf, von ihm berührt zu werden.

Marcel erwies sich als ein sehr zärtlicher, wenngleich auch bestimmender bis fast dominanter Liebhaber, der keinerlei Scheu davor zu haben schien, eine ihm bislang völlig unbekannte und auch deutlich reifere Frau überall dort anzufassen, wo es ihm gerade beliebte. Seine ganze Art faszinierte sie. Schon bald stellte sie sich intensiv vor, in dieser Nacht sein Instrument zu sein, was von ihm, wo immer er es gerade mit seinen sensiblen und gut trainierten Pianistenfingern berührte, zum Klingen gebracht wurde, was nicht einmal übertrieben war, denn nie zuvor hatte sie sich so hemmungslos einem Mann hingegeben und war dabei so häufig und laut zum Orgasmus gekommen, wie in jenen lustvollen Stunden in den Armen Marcels.

Glücklicherweise hatte sie am nächsten Tag erst um 14 Uhr ihren ersten verbindlichen Termin, sodass sie sich spontan entschied, bis 10 Uhr morgens durchzuschlafen und es danach den ganzen Vormittag über ruhig angehen zu lassen. Unmittelbar nach dem Wachwerden rief sie im Büro an und log ihrer Sekretärin vor, sie habe ein Problem mit einer älteren Plombe, weswegen dort jetzt unbedingt jemand nachschauen müsse, versicherte ihr jedoch zugleich, sie wäre zur angesetzten Nachmittagsbesprechung rechtzeitig wieder zurück.

Marcel war bis etwa halb drei Uhr in der Frühe bei ihr geblieben, doch auch danach konnte sie noch lange nicht einschlafen. Während sie sich unruhig von einer Seite zur anderen wälzte, wanderte eine Hand immer wieder zu ihren Schenkeln hinunter, um sich seines langsam aus ihr heraustropfenden Samens zu vergewissern, den er im Überfluss in ihr gelassen hatte. Sie war sich nicht einmal mehr sicher, wie oft er insgesamt in ihr gekommen war, doch vier oder fünf Mal dürften es nach ihrer Erinnerung in jedem Fall gewesen sein. Zum ersten Mal in ihrem Leben fühlte sie sich von einem Mann so richtig aufgefüllt.

Die nächsten Wochen vergingen fast wie im Fluge. Wann immer es ihr Terminkalender zuließ, fand sie sich abends in der Hotelbar zu Marcels Klavierspiel ein. Danach gab sie sich ihm auf ihrem Zimmer hin, wobei sie sich üblicherweise – wie sie es schon bald miteinander vereinbarten – auf maximal eine Stunde beschränkten, denn längere Liebesnächte hätte sie auf Dauer nicht mit ihrer Arbeit vereinbaren können. Als sie es ihm das erste Mal andeutete, musste sie selbst herzhaft über ihr Anliegen lachen: »Weißt du, ich habe da ein Problem mit der Vereinbarkeit von Beruf und Sex.«

Ganz der verständnisvolle Gentleman händigte er ihr daraufhin seine Mobiltelefonnummer aus, damit sie ihn jederzeit anrufen konnte, um sich auch schon einmal vor seinem Piano-Job mit ihm zu vergnügen, und sei es nur für eine halbe Stunde oder gar einen Quickie. Ihr fiel auf, dass er an solchen Tagen besonders virtuos spielte.

Im Grunde lief eigentlich alles sehr gut in ihrem neuen Leben. In der Sozietät war man mit ihrer Arbeit äußerst zufrieden, lobte gar ihre Energie und gute Laune, und auch Jochen begann anzumerken, dass sie sich recht auffällig zu ihrem Vorteil verändert habe.

»Irgendwie wirkst du von Woche zu Woche jünger«, meinte er einmal und schaute sie dabei recht prüfend und auch ein wenig misstrauisch an. »Da steckt doch hoffentlich kein anderer Mann dahinter, zum Beispiel so ein junger Schnösel-Anwalt, der meiner attraktiven Ehefrau in meiner Abwesenheit schöne Augen macht?«, eine Aussage, die sie – dabei innerlich mit ihrer Verlegenheit kämpfend – lachend verneinte. Mit der Anmerkung »verstehen könnte ich ihn jedenfalls« schloss er das Thema für sich ab, ohne es jemals wieder aufzugreifen.

Ihr Münchener Leben hätte im Grunde problemlos so weitergehen können, wenn nicht Marcel ihr gegenüber zunehmend fordernder geworden wäre. Allerdings fiel ihr der Umstand, dass er sie langsam und schleichend immer stärker in Besitz nahm, erst zu dem Zeitpunkt auf, als sie ihm bereits restlos verfallen war und somit ohnehin nichts mehr zu retten war. So hatte sie es längst bereitwillig hingenommen, von ihm während des Liebesaktes und auch davor und danach schon einmal etwas fester angepackt zu werden. Gleichfalls gewährte sie ihm wie selbstverständlich das Vergnügen, sich regelmäßig in ihrem Mund zu ergießen.

Doch trotz der Gewissheit ihrer bereits vollständig erlangten Hörigkeit verlangte er immer mehr, und zwar auch zunehmend Praktiken, die sie noch keinem Mann zuvor gewährt hatte, und die, wenn es ausschließlich nach ihr gegangen wäre, auch niemand jemals hätte bekommen sollen.

So folgte er ihr eines Abends auf ihrem Weg von der Bar zum Bad und stieß sie – dort angekommen – sogleich in die Herrentoilette und weiter in eine der gut gepflegten Kabinen, wo er ihr seelenruhig eröffnete, dass er sie nun hier in ihrem Mund nehmen werde, und sie besser erst gar versuchen sollte, dagegen etwas zu tun, weil das für sie sonst noch viel schlimmere Folgen haben könnte. Woraufhin er fast provozierend langsam seine Hose öffnete.

Noch während er ihr sein steil aufgerichtetes Glied in den Mund schob und mit seinem Werk begann, überlegte sie, was er mit dem angedrohten ›Schlimmeren‹ wohl gemeint haben könnte, und ob es sich – der liebe Gott und ihr Ehemann mögen es ihr verzeihen – vielleicht sogar lohnen könnte, es einmal darauf ankommen zu lassen, was sie dann aber aus reiner Hörigkeit ihm gegenüber dennoch unterließ.

In der gewählten Position war es ihm ein Leichtes, ihr seinen Schaft besonders tief in den Schlund zu schieben, sodass sie das eine oder andere Mal heftig schlucken oder gar husten musste, was von ihm – ganz der coole junge Mann, der ob der Tatsache, eine deutlich reifere Geliebte für sich gewonnen zu haben, vor lauter Stolz und Selbstbewusstsein mitunter fast die Bodenhaftung zu verlieren schien – mit der lässig dahingeworfenen Bemerkung kommentiert wurde:»Hier kannst du übrigens prima Kotzen.«

Sie verzieh ihm solche Flegeleien, so wie sie ihm überhaupt so manches durchgehen ließ, das sie einem gleichaltrigen oder gar reiferen Mann nie und nimmer gestattet hätte.

Beispielsweise kam es gelegentlich vor, dass er ihr spätabends in der Bar in einem relativ unbeobachteten Moment unvermittelt an die Brüste ging und dabei fast arglos meinte, er wolle nur eben mal sehen, ob das Obst schon hinreichend reif sei, das er baldmöglichst zu pflücken gedenke.

Jedem anderen Mann hätte sie in einer vergleichbaren Situation eine gelangt, doch hier hörte sie sich zu ihrer Verwunderung mit einer wie aus dem Off kommenden Stimme sagen:»Du kannst nur sicher sein, wenn du unter der Bluse nachschaust.«

Nach solchen Ereignissen fragte sie sich ganz regelmäßig, was zum Teufel sie in der Situation eigentlich geritten hatte. Warum erlaubte sie Marcel Dinge, die sie anderen Männern nicht einmal annäherungsweise zugestand? Befand sie sich vielleicht doch schon in der Midlife-Crisis, in der frau solch jungen Männern nur allzu gerne beinahe alles durchgehen ließ, frei nach dem Motto, was auch immer sie dir antun mögen, ihre Jugend gibt ihnen das Recht dazu?

Oder war sie nur ganz einfach einer ursprünglichen, unverfälschten, wenngleich häufig noch recht unfertigen Männlichkeit verfallen, wie sie das bei vielen anderen Frauen ihres Alters beobachtet hatte, und was von ihr mitunter auf das Heftigste kritisiert wurde? Sie erinnerte sich noch genau, als sie einmal auf einer Einladung bei Freunden einer Geschlechtsgenossin, die mit ihren einschlägigen Erfahrungen während ihres letztjährigen Kenia-Urlaubs prahlte, entgegenwarf, für sie handele es sich hierbei um nichts anderes als um Prostitution, die sie sowohl bei Männern als auch Frauen gleichermaßen verurteile, da die Sexdienstleister dabei in jedem Fall ausgenutzt würden und auch quasi entrechtet seien, woraufhin ihr die Frau schon fast weinend und um Fassung ringend entgegnete, das würde für diese überaus interessierten und wissbegierigen jungen schwarzen Männer einfach nicht stimmen, zumal sie total geil darauf wären, endlich einmal eine weiße Frau zu ficken, selbst wenn die schon ein paar Jahre älter wäre als sie selbst, und dieses wunderbare Geschenk würde sie ihnen liebend gerne machen. Um gleich darauf noch mit aller Inbrunst hinzuzufügen, dass sie sich in ihrer Rolle manchmal durchaus als Entwicklungshelferin sehe, die diesen meist eher armen jungen schwarzen Männern und Jugendlichen etwas Wichtiges fürs ganze Leben vermittle.

Wie stolz war sie damals auf ihren Mann gewesen, als er ihr mit dem äußerst zynischen Satz »Ich lasse bei meinen Thailandurlauben auch immer viele Euros in die Taschen der Mädchen fließen, was im Grunde reinste Entwicklungshilfe ist« den Rücken stärkte.

Doch nun schien sie selbst diesem Virus des unverbrauchten jugendlichen Machismus verfallen zu sein. Lag es daran, dass sie sich bereits am Ende ihrer fruchtbaren Zeit befand, er dagegen an deren Beginn, sodass es ihr schon fast wie eine Ehre vorkam, wenn sich dieser im vollen Saft seiner Jugendlichkeit stehende Mann mit ihr einließ und seine Manneskraft an ihr verschwendete?

Während sie noch solch äußerst tiefgründigen Gedanken nachging, begann er bereits laut zu stöhnen, um ihr gleich darauf eine volle Ladung seines Liebessaftes in den Mund zu spritzen. Nachdem sie alles geschluckt und auch sein Glied gesäubert hatte, gab er ihr einen Kuss auf den leicht verklebten Mund und einen wohlwollenden Klaps auf die Wange dazu, den er mit einer seiner üblichen respektlosen Anmerkungen dekorierte:

»Hat Spaß gemacht! Warst echt gut, viel besser als die meisten Jüngeren. Ich bestelle dir drinnen noch einen Sekt, damit du etwas zum Spülen hast. Mein Samen hat es übrigens gerne, wenn es schön kribbelig und warm um ihn herum ist.«

Er verschwand, ohne sie eines weiteren Blickes zu würdigen. Wie angewurzelt blieb sie noch einige Minuten auf dem geschlossenen Toilettendeckel sitzen, um ihre bereits begonnenen Gedankengänge zu Ende zu spinnen. Obwohl er sie lediglich zu seinem Vergnügen benutzt hatte, war sie überglücklich darüber, dass er vorhin ihren Mund und nicht den einer anderen zum Ausleben seiner Triebe verwendet hatte. Am liebsten hätte sie der ganzen Welt zugerufen: »Schaut her, er hat seinen Samen in meinem Mund entladen, statt einer anderen damit ein Kind zu machen. Und gleich auf meinem Zimmer wird er ihn noch mehrfach in meine Öffnungen spritzen, und zwar so oft, bis seine Hoden restlos entleert sind.« Sie schwor sich, ihn so geil auf sich zu machen, dass er gar nicht mehr anders konnte, als sie immer wieder besitzen zu wollen. Allerdings war sie sich sehr wohl im Klaren darüber, dass sie dafür möglicherweise irgendwann einmal einen sehr hohen Preis zu zahlen hatte.

An einem anderen Abend trieb er sie mit seinem sich offenbar gerade in Bestform befindlichen Glied gleich zweimal hintereinander zum Höhepunkt, um dann in aller Gemütsruhe das einzufordern, was er wohl schon länger mit ihr vorhatte.

»Und nun kommt noch dein Arsch dran.«

Erschreckt fuhr sie zusammen. »Das ist jetzt nicht dein Ernst, oder?«

»Wie kommst du darauf? Natürlich meine ich das so, wie ich es gesagt habe!«, antwortete er mit gespielter Gleichgültigkeit.

»Aber Marcel, ich habe mich noch nie von einem Mann in den Po ficken lassen. Und bei dir werde ich bestimmt keine Ausnahme machen. Ich finde das total entwürdigend. Außerdem: Wie redest du überhaupt mit mir?«, fuhr sie ihn empört an.

»Lisa, nun mach es dir doch bitte nicht so schwer! Ich werde dich gleich in deinen Arsch ficken, und du wirst ihn mir bereitwillig hinhalten, und zwar so lange, bis ich mit dir fertig bin.«

»Marcel!« Sie richtete sich kurz auf und gab ihm eine schallende Ohrfeige, was sie im gleichen Augenblick jedoch zutiefst bedauerte. Ganz der coole, überlegene junge Mann ließ er sich nichts weiter anmerken, außer dass sein Glied dabei ein klein wenig an Größe und Steife hinzugewann.

»Lisa möchtest du einen Wodka? Oder ein anderes Getränk. Manchen Frauen fällt es beim ersten Mal leichter, wenn sie ein wenig stärker beschwipst sind, als du es gerade bist.«

Sie unterdrückte die unvermittelt in ihr hochsteigende Wut.

»Du hast also schon andere dafür herumgekriegt? Wie viele waren es denn, die so etwas mit sich haben machen lassen?«

»Ab dem Punkt, wo wir beide jetzt sind: ausnahmslos alle. Lisa entspann dich endlich, du kannst es sowieso nicht mehr verhindern! Dein Arsch gehört längst mir. Es geht einzig und allein um die Begleitumstände. Also noch einmal: Möchtest du vorher noch etwas trinken oder nicht?«, stellte er überraschend sanft klar.

Lisa schaute ihn fassungslos an. Irgendwie reizte sie auch die Art, wie er mit ihr sprach. Sie stöhnte auf, denn bevor sie sich versah, war er bereits wieder mit einer raschen Bewegung in ihre feuchte Spalte eingedrungen. Ihre beiden Arme schob er ihr über den Kopf, wo er sie mit seiner linken Hand fest zusammenfügte und verankerte. Der Mittelfinger seiner rechten Hand umkreiste ihre Lippen.

»Wodka, Whiskey, auf Eis, pur, geschüttelt, gerührt? Für was entscheidet sich Madame?«, insistierte er.

Wütend und tobend versuchte sie sich aus seinen Griffen zu befreien, doch er war ihr körperlich weit überlegen. Lässig kniff er ihr in die Brust, während sich ihre Lippen berührten.

»Lisa, ich warte. Wodka, Whiskey? Nun entscheide dich endlich! Oder möchtest du vorher noch den Hintern versohlt bekommen? Manche Frauen stehen auf so etwas.«

Ihre grünen Augen sahen ihn feindselig und wütend an. »Untersteh dich bloß!«

»Okay, das also auch noch. Du hast es so gewollt. Innerhalb der nächsten Stunde bekommst du erst den Hintern versohlt und anschließend wirst du in den Arsch gefickt. Und zwar so lange, wie ich es will. Wodka oder Whiskey?«

Lisa bäumte sich erneut und mit allen ihren Kräften gegen seine starken Hände auf, doch es nützte ihr nichts. Sie hatte Angst, gleich in Tränen auszubrechen.

»Wie willst du das denn alles anstellen? Willst du mich vergewaltigen?« Ihr wurde ihre aktuelle Hilflosigkeit mehr und mehr bewusst.

»Wenn es sein muss, meinetwegen. Aber so weit wird es erst gar nicht kommen, da du alles freiwillig und gerne mit dir geschehen lassen wirst.«

Es war seine ihr gegenüber provokant demonstrierte körperliche und leider auch emotionale Überlegenheit, die sie zunehmend zur Verzweiflung brachte.

»Du Spinner. Warum sollte ich das tun? Es ist entwürdigend, in den Po gefickt zu werden. Du wirst mich schon vergewaltigen müssen!« Ihre ehrliche Entrüstung klang in jedem einzelnen Wort mit.

»Möchtest du das unbedingt, Lisa?«

»Natürlich nicht!« Die Zornesröte stieg ihr ins Gesicht. Doch Marcel ignorierte alle ihre Gegenreaktionen. Energisch stieß er sein steifes Glied einige Male hintereinander in ihre feuchte Lustgrotte und küsste sie auf den Mund. Gleichzeitig überraschte er sie mit einem ernsten, verärgert wirkenden Blick.

»Entweder du lässt dich jetzt gleich von mir in den Arsch ficken, oder das war es zwischen uns. Die Uhr tickt. Du hast noch genau eine halbe Stunde Zeit, dich zu entscheiden. Und danach wird mir dann dein Arsch für mindestens eine halbe Stunde zur Verfügung stehen. Ich habe keine Lust auf ein albernes Herumgezicke. Such dir dafür jemand anderes! Wenn du mit mir ins Bett gehst, erwarte ich, dass ich alles bekomme, und zwar den vollen Service, und nicht nur so ein Klein-Mädchen-Programm. Ich will deinen Arsch, verdammt noch mal, wie oft muss ich mich noch wiederholen? Du bist doch keine fünfzehn mehr!«

Lisa begriff: Ihm war es absolut Ernst. Ihr wurde mehr und mehr bewusst, dass wenn sie die Beziehung mit ihm fortsetzen wollte, sie sich wohl oder übel fügen und nach seinen

Vorstellungen von ihm nehmen lassen müsste. Innerlich rotierten ihre Gedanken: Stolz oder Lust war hier die Frage. Fast kleinlaut hakte sie nach.

»Marcel, ich verstehe noch immer nicht, warum dir das so wichtig ist. Eben hast du sogar für den Fall, dass ich mich dir nicht fügen sollte, mit dem Ende unserer Beziehung gedroht.«

»Lisa, es geht dabei überhaupt nicht um mich, sondern um dich!«

»Um mich? Was habe ich damit zu tun? Ich will das doch gar nicht!«

»Weil es dir hilft, eine *richtige Frau* zu werden.« Jede einzelne Silbe der Phrase ›richtige Frau‹ bekräftigte er mit einem festen Stoß in ihr Lustzentrum.

Lisa lachte laut und empört, wenngleich auch äußerst betört auf, denn sie befand sich unmittelbar vor einem weiteren Höhepunkt.

»Jetzt wird der Kerl auch noch größenwahnsinnig! Hör mal, ich könnte glatt deine Mutter sein, und ausgerechnet du willst mir hier etwas von einer richtigen Frau erzählen? Dass ich nicht lache!«

»Aber du lachst doch!«

»Nun werd nicht auch noch frech! Los erzähl! Was hat das mit ›richtiger Frau‹ zu tun? Langsam beginnt mich dein offenbar extrem verkorkstes Frauenbild doch noch zu interessieren. Ach Marcel ...« Fast resignierend nahm sie es hin, dass er allen ihren Argumenten die letzte Ernsthaftigkeit und Schärfe nahm, indem er ein paar Mal kräftig in ihren Unterleib stieß.

»Ganz einfach, Lisa: Jede Frau sollte sich in ihrem Leben mindestens einmal in den Hintern ficken, in den Mund spritzen und auf den Strich schicken lassen. Capisci?«

Ihre Antwort kam wie aus der Pistole geschossen: »Davon habe ich bislang nur eine Sache gemacht. Und dabei wird es auch bleiben!«

Um nach einer sehr kurzen Pause hinzuzufügen: »Und ein Mann? Was muss der in seinem Leben tun, um ein *richtiger* Kerl zu sein.«

Sie gab dem Wort ›richtiger‹ eine äußerst ironische Überbetonung.

»Lisa, drei Dinge: Eine Frau in den Hintern ficken, sie dazu bringen, seinen Samen zu schlucken und für ihn anschaffen zu gehen. So einfach ist das.«

»Es geht dir also gar nicht um mich. Du möchtest nur deine Liste abhaken, um dich anschließend als ganzer Mann zu fühlen, oder?«, warf sie ihm mit einem verschmitzten, fast überlegen wirkenden Lächeln zu. Sie hatte das Gefühl, ein wenig an Oberhand zu gewinnen.

Blitzschnell drehte er sie auf den Bauch und versohlte ihr mit aller Kraft den Hintern. Und noch während sie verdutzt und empört über seine plötzlichen Übergriffe aufschrie, war er bereits in ihre Rosette eingedrungen. Hilflos mit den Fäusten auf die Matratze trommelnd musste sie zulassen, von ihm in ihrer engsten Stelle genommen zu werden, zumal er sich dabei machtvoll auf ihre Lendenwirbelsäule stützte und sie somit jeglicher Chance beraubte, seinen fordernden Stößen zu entkommen.

Gleichzeitig hielt er ihr mit seiner anderen Hand den Mund zu, in die sie trotz ihrer geballten Wut über seine unverschämte Bemächtigung nur deshalb nicht biss, weil sie sein Klavierspiel so sehr liebte, und dies auch an den Folgetagen wieder zu genießen wünschte.

Während sie sich an einige seiner aufregendsten Improvisationen erinnerte, begann sie sich sanft zu entspannen und sein Liebesspiel zu genießen, ja sie ertappte sich sogar dabei, wie sie ihre Lendenwirbelsäule ein wenig krümmte, um ihm ihren Po stärker entgegenzustrecken und ihn damit zugänglicher zu machen.

Wie er bereits angedroht hatte, ließ er sich sehr viel Zeit mit ihr. Als er schließlich kam, war sie dennoch froh, seinen Samen auch an dieser Stelle empfangen zu haben.

Während er sich entspannte, verweilte er noch eine ganze Zeit lang in ihr und streichelte ihren Rücken.

»Na so schlimm schien es doch gar nicht gewesen zu sein, oder?«, versuchte er sie zu besänftigen.

»Entscheidend ist, dass du keine Erlaubnis dafür hattest«, grummelte sie ins Kopfkissen.

»Hm, immer noch aufmüpfig? Und ganz die Juristin! Aber keine Sorge, das kriegen wir auch noch hin, und zwar spätestens mit deiner dritten Aufgabe.«

Sie hätte ihm am liebsten erneut eine Ohrfeige verpasst, doch er lag noch zu sehr mit seinem ganzen Gewicht auf ihr, sodass sie sich mit verbalen Protesten zufriedengeben musste.

»Untersteh dich, du Schuft! Dazu wird es definitiv niemals kommen.« Ihre Stimme klang nun viel weniger überzeugt, als sie es kurz zuvor noch gewesen war.

Mit den Worten »sag niemals nie« verschwand er lachend und grinsend und sie nicht weiter beachtend im Bad, aus dem er wenig später mindestens genauso breit grinsend wieder zurückkehrte. Mit einer Visitenkarte eines Hotels bewaffnet setzte er sich auf die Kante ihres Bettes, in der sie noch genau so lag, wie er sie kurz zuvor verlassen hatte.

»Schau mal, Lisa, dies ist die Karte des Holiday Inns. Ich habe dich für Morgen 20 Uhr an einen jungen Mann verkauft, der nur diese Woche in München ist, und den Abend gerne mit einer reiferen eleganten Dame verbringen möchte. Was das sonst noch heißt, kannst du dir sicher vorstellen. Er ist in etwa in meinem Alter, heißt Mike, und ist bereit, für drei Stunden mit dir fünfhundert Euro zu zahlen, was gar nicht mal so schlecht ist. Da du noch sehr unerfahren in dem Business bist, solltest du ihm auf Wunsch etwas mehr Zeit zugestehen, und zwar ohne weiteren Aufschlag. Ach ja, seine Zimmernummer ist die 125. Du klopfst ganz einfach an seine Türe und machst alles, was er von dir verlangt. Und achte darauf, dass er beim Ficken stets ein Kondom verwendet. Das Geld muss er dir natürlich im Voraus geben. Ich warte bis Mitternacht in unserer Bar auf dich. Danach gehen wir auf dein Zimmer, wo du mir einen umfassenden Bericht ablieferst und die volle vereinbarte Summe aushändigst.

Im Anschluss daran will ich dich noch das eine oder andere Mal haben, was für dich sicherlich kein Problem sein wird, da er dich vorher bereits ausreichend eingeritten haben dürfte. Ach ja, und komm ja nicht auf die Idee, mir etwas vorzugaukeln und das Geld aus deiner eigenen Tasche zu zahlen. Ich werde den Freier in den nächsten Tagen kontaktieren und mich bei ihm erkundigen, ob er mit deinem Service zufrieden war. Meine Kunden sollen nur allerbeste Ware erhalten.«

Resignierend drehte sie ihren Kopf zur Seite und sah ihm direkt in die Augen. Ihre Stimme war sanft und brüchig.

»Und wenn ich mich weigere, dann ist …«

»So ist es Lisa.«

»Leg die Karte bitte auch den Nachttisch, ich sehe sie mir nachher genauer an. Das war es dann aber, oder?« Verlegen tupfte sie sich eine Träne von der Wange.

»Wie meinst du das?«

»Marcel, das war doch jetzt wirklich nicht schwer zu verstehen, oder? Muss ich so etwas für dich nur ein einziges Mal tun – als Beweis meiner richtigen Fraulichkeit sozusagen –, oder hast du vor, aus mir eine Nutte zu machen, die für dich mehrmals in der Woche regelmäßig anschaffen geht?« Bei ihren letzten Worten hätte ihr beinahe die Stimme versagt. Sie wusste, dass für sie die zweite Möglichkeit nicht infrage kam. Ihre sofortige Trennung wäre dann unvermeidlich gewesen.

»Keine Sorge, es wäre nur dieses eine Mal. Ehrenwort! Was allerdings nicht für die Arschficks gilt. Die will ich in Zukunft regelmäßig haben. Das war nämlich geil!«

Erleichtert seufzte sie auf. »Okay, dann mache ich es. Einmal ist keinmal. Du kannst dich auf mich verlassen. Ich werde deinen *Kunden* bestimmt nicht enttäuschen.«

Sie betonte das Wort ›Kunden‹ so sehr, dass ihm ihre Bitterkeit über sein aus ihrer Sicht unerhörtes Verlangen nicht verborgen geblieben sein konnte.

Mike war ein recht schlaksiger junger Mann von erstaunlicher Nervosität, jedenfalls wirkte er so auf sie. Ständig waren seine Arme und Beine in Bewegung, trommelte er mit den Fingern, oder tat irgendetwas anderes. Er konnte kaum einmal für eine Minute ruhig sitzen.

Nachdem das Finanzielle geklärt war, verlangte er, dass sie sich bis auf die Strapse, Strümpfe und ihre Schuhe auszog.

»Du siehst echt Klasse aus für dein Alter.« Sie wusste nicht, ob sie sich geschmeichelt oder doch eher beleidigt fühlen sollte.

»Danke.«

Liebevoll tätschelte er ihren Po und drehte sie mehrmals um die eigene Achse, um sie sich in aller Ruhe von allen Seiten anzuschauen.

»Was machst du alles?«, fragte er beiläufig.

Sie zuckte mit den Schultern. »Im Grunde alles, solange es dabei ›save‹ zugeht.«

»Gut zu wissen. Doch keine Sorge, ich will nur ficken. Und ein wenig tanzen. Magst du Rumba?«

»Rumba? Oh, davon hat er mir nichts gesagt.« Sie klang überrascht.

»Wer, dein Boss? Ich muss dem doch nicht vorher haarklein erzählen, was ich mit seinem Pferdchen anzustellen gedenke. Tanzt du nun Rumba oder nicht?«

»Na ja, wie man das halt so kann, wenn man als Frau gelegentlich zum Tanzen aufgefordert oder ausgeführt wird.«

»Ah ja, dann wirst du den Rest eben lernen.« Sie wunderte sich über seine unvermittelte Bestimmtheit, die sie ihm überhaupt nicht zugetraut hatte.

Die nächsten drei Stunden verbrachten sie abwechselnd mit Tanzen und Liebe machen, wobei sie nur auf die klassische Weise miteinander schliefen. Dazwischen tranken sie Mineralwasser und etwas Sekt. Sie empfand den Abend mit Mike als so amüsant, dass sie ihm zum Abschluss anbot, ihm noch einen zu blasen, was er jedoch dankend ablehnte, da er beim besten Willen zu keiner weiteren Erektion mehr in der Lage sei.

Sie mochte ihn. Innerlich sagte sie zu sich, dass dies genau der Typ junger Mann war, den eine Frau ihres Alters eigentlich adoptieren müsste, da er zwar offenkundig wirklich liebenswert war, auf der anderen Seite aber auch nicht übertrieben lebenstüchtig auf sie wirkte. Nach ihrem letzten gemeinsamen Tanz küsste sie ihn dankbar und liebevoll auf den Mund. Gleich darauf machte sie sich auf den Rückweg zu ihrem Hotel, wohl wissend, dass Marcel bereits ungeduldig in der Bar auf sie wartete. Der wiederum wollte nun allerdings keineswegs direkt mit ihr ins Bett, um die verlorene Zeit möglichst rasch und vollständig nachzuholen, sondern interessierte sich in erster Linie dafür, wie ihr Einsatz als Hure gelaufen war. Sie entschied sich, ihm alles genau so zu erzählen, wie es sich wirklich zugetragen und sie es auch empfunden hatte, was ihn sehr zu erregen schien, denn im Anschluss daran nahm er sie ganz besonders hart und intensiv.

Marcel hatte sich längst zu der alles bestimmenden Größe in ihrem Leben entwickelt. Egal wo sie war, oder was auch immer sie machte, stets dachte sie an ihn, wie es ihm wohl in diesem Moment gerade ging, und ob er sich ebenfalls so sehr nach ihr sehnte, wie sie es tat. Auch wenn ihr Mann und sie weiterhin sehr liebevoll miteinander umgingen, so musste sie sich dennoch insgeheim eingestehen, dass jetzt Marcel ihre große Liebe war, und sie an den Wochenenden im Grunde nur noch aus Gewohnheit nach Hamburg zurückkehrte.

Und so war es letztlich unvermeidlich, dass sie, obwohl sie sich stets einredete, für ihn lediglich ein reines Sexverhältnis oder gar ein hübscher Zeitvertreib zu sein, sich immer stärker für ihn als Person interessierte.

An einem sehr warmen Sommertag im August, als für sie aufgrund der Ferienzeit ohnehin nicht ganz so viel Arbeit wie gewöhnlich anlag, entschloss sie sich, ausnahmsweise schon kurz nach Mittag freizunehmen, um sich mit Marcel zu einem gemütlichen Nachmittag im Englischen Garten zu verabreden. Allerdings begann ihr Treffen nicht ganz so geruhsam, wie sie es sich vorgestellt hatte, denn vor Ort schob er sie zunächst in ein ihm offenkundig recht vertrautes Gebüsch, wo er sich genüsslich an ihrem Mund verging. »Komm, da vorne im Garten bekommst du etwas zur Spülung, jedenfalls haben die anderen dies dann immer sehr geschätzt«, waren seine lakonischen Worte. Sie hatten gerade den ersten Schluck Weißbier zu sich genommen, als sie bereits auf ihr Thema zu sprechen kam.

»Sag mal Marcel, was ich dich schon immer fragen wollte: Ich finde dich wirklich großartig, und ich könnte dir stundenlang beim Klavierspielen zuhören. Bist du denn damit zufrieden? Möchtest du dein Leben lang in der Hilton-Bar spielen, wo dich kaum jemand zu Gesicht bekommt?«

Verschmitzt lächelnd schaute er ihr auf den Busen. »Man kann dabei wunderbar reife willige Ladys abschleppen. Was will ein Mann wie ich mehr?«

»Komm, nun red nicht so mit mir. Du weißt genau, dass ich es ernst meine«, empörte sie sich.

»Und was soll das werden, wenn es fertig ist? Abends die heiße Geliebte, die alles mit sich machen lässt, und am Nachmittag meine Mutter?«

»Marcel, bitte!« Sie seufzte und starrte erbost zur Seite.

»Okay, ich mag dich ja auch, sonst würde ich mich bestimmt nicht mit dir hier zum Bier treffen. Lisa, Hilton ist für mich nur ein Job. Irgendwie muss ich auch mal Geld verdienen. Die ganze Musiziererei verschlingt nämlich ungeheuer viel Geld, denk nur mal an die Instrumente. Ich kann doch nur deshalb im Hilton so gekonnt aufspielen, weil ich zu Hause ein ähnlich leistungsfähiges Piano herumstehen habe, auf dem ich regelmäßig und intensiv übe. Und die reichen Ladys, die danach von mir beglückt werden wollen, haben sich leider bislang noch nicht dazu durchringen können, mich für meinen einmaligen After-Bar-Service zu bezahlen, obwohl dies mehr als angemessen wäre.«

Sie schaute ihn überrascht an. »Oh Entschuldigung, das ist mir noch gar nicht in den Sinn gekommen, Marcel. Möchtest du das?«

Er schien verdutzt über ihre unerwartete Frage zu sein. Zärtlich nahm er ihr Handgelenk. »Von dir auf gar keinen Fall!

Unsere Beziehung ist mir in der Hinsicht heilig. Auch möchte ich nicht, dass sie durch so etwas beschmutzt und entwertet wird.«

Sie war über seine Worte so überrascht und gleichzeitig gerührt, dass sie ihn spontan auf den Mund küsste, was nun wiederum die in ihrer Nähe sitzenden Gäste verwunderte, die bis dahin eher ein nichtsexuelles Verhältnis zwischen den beiden recht ungleichen Personen angenommen hatten.

Er atmete tief ein, bevor er zu seiner Erklärung ansetzte.

»Also Lisa es ist so. Ich bin schon seit mehr als acht Jahren sehr eng mit zwei anderen Musikern befreundet. Wir musizieren seit Anbeginn an, schon als wir praktisch noch Kinder waren. Vor zwei Jahren haben wir eine Jazz-Rock-Band gegründet – nur Keyboards, Bass und Percussions –, in die unsere ganze musikalische Leidenschaft und Energie fließt. Leider ist es damit so gut wie unmöglich, Erfolg zu haben oder auch nur ein ganz normales Auskommen zu verdienen. Allerdings möchten wir uns auch nicht verbiegen lassen und jede Menge Kompromisse und Zugeständnisse an den Mainstream-Geschmack machen. Es ist unser Ding, und das soll es auch bleiben. Bedauerlicherweise fehlt es praktisch an allem. Beispielsweise haben wir kein Management, das uns Auftritte besorgt und die notwendigen Connections zur Musikindustrie herstellt.

Es ist auch niemand unter uns dabei, der dies ersatzweise tun könnte oder gar möchte. Dazu sind wir alle viel zu sehr Musiker.

Manchmal denke ich, ich gehöre mit meinen zweiundzwanzig Jahren bereits zum alten Eisen, zu einer längst vergangenen Zeit, als die Leute noch glaubten, man könnte einfach nur durch gute Musik und Qualität überzeugen. Das ist aber heute keineswegs mehr der Fall. Da musst du mit irgendetwas anderem auffallen, irgendwelche Sachen, die dich für die Medien interessant machen, beispielsweise wenn ich nicht regelmäßig mit dir, sondern stattdessen mit Charlotte Roche ins Bett ginge.«

»Ja damit kann ich nun leider überhaupt nicht dienen.« Sie biss sich auf die Lippen, um ihr Lächeln zu verbergen.

»Siehst du. Und genau deshalb werden wir für immer und ewig verkannte Genies bleiben und ein Leben in Tristesse führen müssen. Glücklicherweise sind da noch unsere heimlichen Fans, die sich von uns bereitwillig ficken lassen.«

Sie runzelte die Stirn. »Sind es außer mir noch andere? Entschuldige meine Frage, aber ich bin ein großes Mädchen und kann die Wahrheit vertragen. Ich weiß, dass du dich mit mir nur wegen Sex triffst.«

»Ach was weißt du denn schon. Nein, du bist die Einzige.« Sichtbar verärgert schaute er der Kellnerin auf die Beine.

Sie war von seiner Antwort alles andere als überzeugt und bohrte nach. »Hm, interessant. Das hätte ich nun wirklich nicht gedacht. Auch keine in deinem Alter, keine feste Freundin?«

»Nein nur du. Und ich freue mich jeden verdammten Tag darauf, dich endlich zu sehen.« Laut und deutlich hatte er es von sich gegeben, sodass nun selbst ihre Tischnachbarn amüsiert zu ihnen herüber schauten.

Er konnte überhaupt nicht ermessen, wie gut ihr seine Worte in diesem Augenblick taten.

»Sag mal, kann man euch eigentlich irgendwo hören?«

»Das geht leider nur am Wochenende, denn in der Woche schlagen wir uns alle einzeln mit den unterschiedlichsten Jobs durchs Leben. Du kannst es dir also von vornherein aus dem Kopf schlagen«, versuchte er sie abzuwimmeln.

»Ach, an den Wochenenden spielst du also gar nicht im Hilton?«

»Nein, nur montags bis donnerstags, also genau dein Rhythmus, die übliche Business-Zeit sozusagen. An den Wochenenden trifft dort ein ganz anderer Menschenschlag ein, bei dem dezente Hintergrundmusik weniger gefragt ist, eher die klassische Tanzmusik, mit der ich aber leider überhaupt nicht dienen kann und will.«

Sie ließ sich durch seine Ausflüchte nicht beirren. »Oh, nur am Wochenende also. Na und wenn schon, dann muss ich meinen Mann halt ein weiteres Mal belügen und ihm etwas von einer Tagung oder einem Betriebsausflug erzählen, wo ich aus Höflichkeitsgründen auf gar keinen Fall fehlen darf. Was hältst du davon?«

»Na ja, so wie ich dich kenne, wirst du sowieso vorher keine Ruhe geben. Also meinetwegen ja. Die beiden anderen werden sich bestimmt freuen, mal wieder eine neue Zuhörerin zu haben. Wir werden dann ausnahmsweise nicht nur üben, sondern die Probe ganz exklusiv für unseren größten Fan als Liveauftritt gestalten.«

Begeistert schenkte sie ihm ihr strahlendstes Lächeln.

»Super. Wie wäre es gleich mit dem übernächsten Wochenende? Weißt du, so ganz unbeleckt bin ich nämlich in der Sache nicht. Ich habe als Juristin und Spezialistin für Vertragsrecht jahrelang die großen Musikkonzerne in Deutschland beraten. Ich kenne dort praktisch jeden. Außerdem bin ich in einer musikalischen Familie groß geworden. Meine Mutter war selbst einmal Konzertpianistin, hat dann aber später – als sie uns Kinder bekam – ihren Beruf an den Nagel gehangen. Ein klein wenig kann ich deshalb schon beurteilen, wie gut du tatsächlich bist. Und wenn die anderen ähnlich stark wie du sind, dann müsstet ihr eigentlich eine total geile Band sein.«

So viele Vorschusslorbeeren waren ihm peinlich.

»Wir sind sicherlich recht gut, du wirst es sehen. Okay, halten wir den übernächsten Samstag fest. Und den Freitagabend davor unternehmen wir zusammen etwas. Vielleicht kann ich dich bei der Gelegenheit in die Münchner Szene einführen. Ach noch eins, Lisa, sei bitte nicht zu sehr schockiert, wenn du unsere Band das erste Mal siehst.«

»Warum sollte ich das sein?«

»Wenn es so weit ist, wirst du es wissen.«

Seine Worte beunruhigten sie. Sie ließ es sich allerdings nicht anmerken.

Marcel hatte keineswegs übertrieben, denn Lisa blieb das Herz fast stehen, als er ihr seine Mitspieler vorstellte: Der Bassist war niemand anderes als Mike.

»Bitte keine übertriebene gegenseitige Zurückhaltung. Ich weiß nur zu genau – und das aus erster Hand –, wie zufrieden ihr beide nach eurer ersten Begegnung wart. Also könnt ihr euch auch jetzt in meiner Anwesenheit ganz ungezwungen und wie normale Erwachsene benehmen, oder?«

Anfangs fiel Lisa das recht schwer, doch im Laufe des Nachmittags und angespornt von der großartigen Musik und den sehr attraktiven und äußerst interessanten Künstlern, taute sie mehr und mehr auf.

»Ihr seid wirklich super, ich bin total begeistert. Und dafür habt ihr bislang noch niemanden gefunden, der euch ein bisschen promotet?«, fragte sie ungläubig in die Runde.

»Glaubst du ernsthaft, Dieter Bohlen könnte so etwas gefallen?«

»Du, möglicherweise sogar ja. Nur würde der euch garantiert nicht unter Vertrag nehmen, denn dem seid ihr eindeutig nicht kommerziell und massenkompatibel genug.«

»Eben. Weswegen wir der ewige Geheimtipp von auf der Durchreise befindlichen, einsamen Geschäftsfrauen bleiben werden.«

Lisa lächelte ihn amüsiert an.

»Mache ich auf dich einen solchen Eindruck?«

»Aber Hallo!«, alberte Marcel zurück.

»Auf mich überhaupt nicht«, sprang ihr Mike unterstützend zur Seite.

»Na siehst du Marcel, Mike weiß sich wenigstens einer Lady gegenüber zu benehmen.«

»Das ist mir irgendwie auch schon zu Ohren gekommen …«

Gespielt empört stemmte sie die Hände in die Hüften und starrte ihn drohend an.

»Mann Marcel bist du vielleicht heute wieder doof. Aber mal im Ernst. Was haltet ihr davon, wenn ich mich ein wenig um euch kümmere?«

»Was meinst du denn damit?« Marcels Grinsen hatte mittlerweile etwas äußerst Unverschämtes angenommen.

»Blödmann, nicht das, was du jetzt wieder denkst, sondern ganz pragmatisch. Wie wäre es, wenn ich euer Management übernehme?«

Die drei Musiker schauten sie völlig konsterniert an.

»Und wie stellst du dir das vor? Etwa als ein kleiner weiterer Nebenjob und auf halbem Wege zwischen Hamburg und München? Hast du auch nur den Hauch einer Vorstellung davon, wie viel Arbeit das gerade in der Anfangszeit sein kann? Wenn es so einfach wäre, wie du es gerade darstellst, hätten wir es bestimmt schon selbst in die Hand genommen.« Seine Ratlosigkeit war ihm deutlich anzusehen.

»Nun mach mal langsam, Marcel«, versuchte sie ihm auf die Sprünge zu helfen. »Das ist mir alles bestens bekannt. Ich habe in den letzten Jahren in meinem Job recht viel Geld verdient und einiges davon auf die hohe Kante gelegt. Doch inzwischen missfällt mir meine Arbeit immer mehr. Im Grunde dreht es sich dabei stets um das Gleiche, und manchmal habe ich sogar Zweifel an der Lauterkeit der Anliegen meiner Klienten. Um es mal auf einen Punkt zu bringen: Meine Arbeit kotzt mich zunehmend an.«

»Ach so, nun verstehe ich endlich«, fuhr Marcel ihr ins Wort, »unsere kleine Business-Lady befindet sich mitten in der Midlife-Crisis. Und deshalb kann sie es abends kaum erwarten, von mir endlich flach gelegt und gefickt zu werden.«

»Hahaha, das war wohl nichts. Wer von uns beiden hat denn wen angemacht, und wer kam damals ganz unschuldig als angeblicher Hotelgast angeschlichen? Na? Aber mal im Ernst: Ich würde tatsächlich gerne noch einmal etwas ganz anderes anfangen, etwas, was mehr Sinn macht, und nicht nur zum Geld verdienen gut ist. Könnt ihr das verstehen?«

»Natürlich können wir das verstehen, Lisa«, stimmte er lachend zu. »Wir leben die ganze Zeit nach diesem Prinzip. Man könnte sagen, wir haben es erfunden.«

Mit großen verliebten Augen schaute sie zu ihm auf.

»Wenn ich halbwegs bescheiden lebe, könnte ich mit meinen Ersparnissen gut und gerne die nächsten fünf Jahre auskommen. Und in der Zeit dürfte ich euch locker in die schwarzen Zahlen und vielleicht sogar in die Charts bringen, speziell dann, wenn ich auch noch meine Connections spielen lassen. Was meint ihr?«

Marcel nickte bedächtig. »Ja, ist cool, keine Frage. Wenn du das tatsächlich willst, Lisa, wäre das sogar extrem cool. Doch was verlangst du dafür von uns? Du weißt, dass wir praktisch ständig pleite sind und uns keine Managerin leisten können?«

Selbstbewusst schob sie ihr Kinn ein wenig vor. »Fünfundzwanzig Prozent von allen Einnahmen, außer denen aus Kompositionen und Texten.«

Die drei jungen Musiker schauten sich mit ernsten, jedoch zugleich auch entspannten Gesichtern an. Es war unschwer zu erkennen, dass sie mit den genannten Bedingungen einverstanden waren. Außerdem vertrauten sie ihr. Schließlich ergriff Marcel für sie stellvertretend das Wort.

»Lisa, auf der Basis werden wir uns sicherlich sehr schnell einigen können. Allerdings hat die Sache noch einen kleinen Haken.«

»Und der wäre?«, fragte sie arglos.

»Weißt du, Mike und ich kennen dich schon ein bisschen näher und vertrauen dir deshalb, was jedoch keineswegs für unseren Drummer Kemal gilt.«

»Ja und?«, hakte sie völlig naiv nach.

»Nun, dies ist sicherlich kein Beinbruch, allerdings müsstest du das baldmöglichst nachholen, am besten gleich diese Nacht. Umso schneller würden wir eine Ebene des gegenseitigen Vertrauens finden, die wirklich von allen getragen wird.« Sein breites Grinsen war beinahe unerträglich.

Entrüstet verschränkte sie ihre Arme vor der Brust. »Ist nicht dein Ernst, oder?«

»Uns ist es total ernst damit. Schau mal, Lisa, wir müssen uns beim Spiel blind aufeinander verlassen können. Eine solche Band wird auf Dauer nur dann reibungslos funktionieren können, wenn es darin wirklich gleich und demokratisch zugeht, und niemand einen unmittelbaren Vorteil den anderen gegenüber besitzt. Aktuell wäre das bei Mike und mir jedoch unserem Drummer Kemal gegenüber der Fall. Deshalb müssen wir auf deine Nacht mit Kemal bestehen.«

Lisa schaute ihn unvermindert empört an, obwohl sie die Sache durchaus zu reizen begann, denn eigentlich war sie auch Kemal durchaus zugetan, den sie als Typ ausgesprochen interessant fand, zumal er deutlich muskulöser wirkte, als seine beiden Spielkollegen.

»Nicht, dass ich das vorhabe, aber nehmen wir einmal rein hypothetisch an, ich würde mich bei Kemal ausnahmsweise darauf einlassen – also wirklich nur mal so angenommen –, was ich mir zurzeit jedoch überhaupt nicht vorstellen kann: Wie soll dies dann in Zukunft laufen? Es kann doch wirklich nicht sein, dass ich erst einmal mit jedem neuen Band-Mitglied ins Bett steigen muss, nur damit ihr euren Demokratiefimmel geregelt bekommt!« Mit jedem einzelnen Wort war sie lauter geworden.

»Wieso erst einmal?«, kam es nüchtern zurück.

»Komm Marcel, rede bitte ernsthaft mit mir!« Sie hatte ihre Brüste durch die Empörung heischende Verschränkung ihrer Arme so angehoben, dass alle drei Musiker gebannt auf ihren Busen starrten.

»Wir hatten daran gedacht, gelegentlich mit einer Big Band aufzutreten.«

»Marcel!« Nun musste sie selbst schmunzeln.

»Eine Sängerin wäre auch ganz nett. Und dazu ein paar Background-Tussen, weißt du solche, die die ganze Zeit schubi dubi du und schallalala singen.«

»Ach, du bist einfach nur doof!«

»In diesem speziellen Fall würden wir natürlich alle zusehen wollen.«

Sie machte eine abwinkende Handbewegung. »Okay, ich merke schon, dass mit dir heute absolut nichts mehr anzufangen ist.«

»Mit Kemal aber sehr wohl«, widersprach ihr Marcel. »Lisa bedenke doch die ungeheuren Vorteile, die dabei auch für dich herausspringen können. Du könntest unser gemeinsames Groupie sein. Wir würden nach einem Konzert nicht mit einem Haufen kreischender 15-jähriger Mädchen herummachen – huch wie aufregend –, sondern ganz exklusiv mit dir. Und noch eins: Keiner von uns würde unter den Umständen jemals Mutti zu dir sagen ...«

Sie begann herzhaft zu lachen. »Aber vielleicht Oma doch. Eine kleine Kostprobe habe ich schon mitbekommen dürfen, als nämlich Mike zu mir meinte, ich sähe gar nicht mal so schlecht aus für mein Alter.«

Marcel sah ihn grinsend an.

»Uih Mike, das hast du wirklich zu meiner Lady gesagt? Schwere schwere Panne!«

»Ähm, ich war in dem Moment noch ziemlich unsicher. Ich dachte, so Sprüche gehörten sich irgendwie bei dem Business. Trotzdem Kemal, ist echt ungelogen«, befleißigte sich Mike noch schnell hinzuzufügen, »an der ist alles dran. Wirst du aber nachher noch selbst erleben.«

Prompt verschränkten sich ihre Arme erneut vor ihrer Brust. »Ganz schön frech ihr drei! Sag mal Mike, hat dir eigentlich Marcel nach unserem damaligen Treffen deine 500 Euro wieder zurückgegeben, oder wie ist es damit gelaufen?«

»Du, das brauchte der gar nicht, die hat er mir doch vorher extra dafür gegeben. Weil ich Geburtstag hatte.«

Ankündigungslos schlug Lisas Rechte direkt auf Marcels Brust ein.

»Wahnsinnig frech und respektlos! Und irgendwie ein total eingespieltes Team, gegenüber dem ich auf Dauer einen sehr schweren Stand haben dürfte.«

»Lisa, das sind wir auch, und zwar schon seit vielen vielen Jahren. Und das wird sich mit dir nicht ändern. Du bist dann halt unser viertes Instrument, auf dem jeder mal spielen darf. Oder wir alle zusammen.«

Ratlos schüttelte sie den Kopf. »Ja aber möchtet ihr denn nicht lieber jeder euer eigenes Mädchen haben, ich meine, so ganz für euch allein?«

Die drei Männer lachten nur.

»Vielleicht später einmal, Lisa, doch momentan ist uns das viel zu stressig. Nach kurzer Zeit tanzen die einem doch nur auf der Nase herum. Mädchen in unserem Alter sind sehr anspruchsvoll, wollen was erleben und ständig ausgeführt werden. Und kaum hast du dich umgedreht, machen sie mit einem anderen rum. Frauen wie du sind dagegen viel pflegeleichter. Die wollen nur geleckt werden, und zwar möglichst oft und von allen. Nein Lisa, sofern Kemal ebenfalls mit dir zufrieden und einverstanden ist, ist das angedachte Wifesharing die praktischste Lösung für uns alle. Schau mal, wie viele Kosten wir allein schon dadurch sparen könnten, wenn wir auf einer Deutschlandtour statt eines Managers und unseren drei Freundinnen in Personalunion nur dich mitnehmen.«

Ironisch lächelte sie zurück. »Ihr begrüßt die Sache also primär aus praktischen und ökonomischen Gründen?«

»Ausschließlich deshalb, Lisa«, stimmte er ihr teuflisch grinsend zu. »Und schau mal, es kann doch auch nur in deinem Interesse sein, wenn wir von vornherein ein bisschen auf die Kosten achten. Du als unsere zukünftige Managerin solltest eine solche Einstellung eigentlich sogar ausdrücklich gutheißen, um nicht zu sagen, fördern, oder?«

Heiter küsste sie ihn auf den Mund.

»Gewiss nicht nur aus den Gründen.«

Und so kam es dann auch.

Schon gleich am nächsten Tag wurde ihre gemeinsame Übereinkunft mit einer Flasche Prosecco besiegelt. Doch dabei blieb es nicht, denn die Männer waren sich schon bald darüber einig, dass man den köstlichen Schaumwein noch viel besser genießen könnte, wenn man ihn langsam über ihre Klitoris auf die unmittelbar darunter wartende Zunge träufeln ließ. Diejenigen, die dabei gerade einmal nicht zum Zuge kamen, begnügten sich derweil mit ihrem Bauchnabel als Sektglas-Ersatz oder wählten ihre Brustwarzen statt Kitzler. Das Spiel erregte Lisa so sehr, dass sie gleichfalls reichlich vom Prosecco kostete und dann in der Folge schon recht bald ziemlich angeheitert war. Und als sie dann noch eine zweite und auch dritte Flasche leerten, wich ihre Heiterkeit einer ausgewachsenen Trunkenheit.

Doch das schien die Männer nicht weiter zu stören, und so zog man sie in ihrem nun recht hilflosen Zustand auf eine in der Nähe befindliche Matratze, wo sie sie der Reihe nach und manchmal auch zu dritt nahmen. Sie war dabei so willig und den Männern zugetan, dass sie einfach nicht genug von ihr bekommen konnten. Auch erfreuten sie sich der Leichtigkeit, mit der sich ihre Liebeshöhle immer dann begehen ließ, nachdem ein anderer in ihr zuvor gekommen war. Erst Stunden später ließen sie von ihr ab, allerdings nicht, um sich nun müde und erschöpft schlafen zu legen, sondern um ihre gegenseitigen Ansprüche an Lisa zu regeln, denn sie waren ein verschworenes Team und wollten es auch bleiben.

Schnell einigten sie sich darauf, dass Lisa in das ehemalige Zimmer von Kemals Ex-Freundin ziehen könnte, welches seit einiger Zeit nicht mehr genutzt wurde, zumal sie dann ihre bisherige teure Unterkunft im Hilton aufgeben konnte. Ansonsten wollten sie jeden Abend untereinander per Los oder freundschaftlicher Einigung bestimmen, wessen Geliebte sie in jener Nacht zu sein hatte. Der Auserkorene durfte sie zu sich nach Hause nehmen, oder die Nacht bei ihr in Kemals Wohnung verbringen.

Nachdem sich Jochen und Lisa getrennt hatten und sie nach München gezogen war, schaffte sie es binnen eines Jahres, der Band einen Schallplattenvertrag zu vermitteln. Die dazu erforderliche Überzeugungsarbeit hatte sie allerdings zum Teil im Bett der Musikbosse leisten müssen. Sie verspürte diesbezüglich keinerlei Groll oder Bitterkeit, im Gegenteil, für sie gehörte dies zu den selbstverständlichen Aufgaben einer erfolgreichen und engagierten Band-Managerin. Sie war sogar ausgesprochen stolz auf die von ihr demonstrierte Professionalität.

Auch als Liveband war die neue Formation schon bald sehr erfolgreich und fast ständig ausgebucht. Es folgten Auftritte und Interviews im Rundfunk und im Fernsehen und wenig später eine kleine Tour durch ganz Europa. In den Hotels buchte sie für ihre Boys stets eine große gemeinsame Luxussuite und für sich ein separates Einzelzimmer, das allerdings lediglich der Tarnung diente, denn üblicherweise hielt sie sich kaum darin auf, sondern verbrachte die Nächte lieber in der Suite ihrer Band. Und das musste sie auch, denn Marcel hatte zu ihr einmal durchaus liebevoll und zärtlich angemerkt, sie sei nicht nur die beste Managerin der Welt, sondern wohl auch die einzige, die gleichzeitig als Muse, Groupie und Gangbang-Nutte ihrer Schützlinge zum Einsatz käme, woraufhin sie leicht ironisch eine höhere eigene Gewinnbeteiligung einforderte.

»Marcel, du weißt sicherlich, wie teuer solche Huren sein können«, zwinkerte sie ihm zu. »Da will ich nicht unnötigerweise zurückstehen. Das verstehst du doch, oder?«

Und wenn sie dann nach einem der Auftritte ihrer Männer gegen fünf oder sechs Uhr in der Frühe in einer fremden Stadt irgendwo in Europa todmüde und von allen drei Bandmitgliedern mehrfach genommen und besamt die Augen schloss, lächelte sie noch einmal in sich hinein, weil sie sich in diesen Augenblicken so ungeheuer sicher war, alles richtig gemacht zu haben, zumal sie seit einiger Zeit wusste – wie Kemal ihr leichtsinnigerweise verraten hatte –, dass ihre Liebhaber manchmal nur deshalb auf der Bühne so ungemein gut waren, weil sie sich schon die ganze Zeit auf die nach dem Auftritt stattfindende After-Gig-Party mit ihr freuten, bei der sie endlich auf ihrem allerliebsten Instrument spielen durften. Ein letztes Mal fasste sie dann an ihre mit dem Samen der Musiker randvoll gefüllte Spalte, an der sich meist zugleich noch ein paar andere Hände regten, und mit einem leisen »Non je ne regrette rien« auf den Lippen fiel sie in einen tiefen Schlaf.

LUST AUF IHN

Ein letztes Mal zog sie ihre Lippen nach, prüfte ihren Lidschatten, trug noch ein wenig Mascara auf ihre Wimpern auf und schüttelte ihre üppigen, langen und gelockten dunklen Haare von den Schultern, bis sie tief in ihren Rücken fielen. Zufrieden lächelnd sah sie sich ihre leuchtend roten Finger- und Zehennägel an. Sie war sich sicher, ihm heute ganz besonders zu gefallen.

Mit einem Gefühl der Vorfreude tastete sie genüsslich ihren entblößten Körper ab. Mit Ausnahme eines schmalen, dunklen Streifens direkt oberhalb ihres Lustzentrums, welchen sie auf seinen ausdrücklichen Wunsch hin stehen ließ, gab es nun wirklich nirgendwo mehr ein Härchen, das ihn hätte stören können. Als ihre Hand noch einmal prüfend über ihre Vulva glitt, spürte sie zugleich ihre Feuchtigkeit und innere Bereitschaft, so sehr musste sie daran denken, was er schon bald alles mit ihr anstellen könnte.

Leicht erregt betrachtete sie ihr eigenes Spiegelbild, während sie sanft an ihren Knospen spielte. Ein klein wenig sahen ihre geschminkten Augen tatsächlich wie die eines Kätzchens aus, ganz so, wie er es ihr aufgetragen hatte.

Bevor sie sich anzog, versprühte sie einige Spritzer Obsession und erneuerte ihr Deo. Gespannt und beseelt schaute sie auf die Uhr: Endlich war es Zeit, das Taxi kommen zu lassen.

Sie erinnerte sich noch genau an den Augenblick, als sie sich das erste Mal begegneten. Nur wenige Tage zuvor hatte sie ihre Stelle als Assistenzärztin in einer renommierten Privatklinik angetreten, ein Ereignis, das sie sowohl äußerst froh gestimmt als auch stolz gemacht hatte. Wie schon fast üblich befand sie sich in großer Eile, denn sie wollte allen Mitarbeitern von Anfang an unmissverständlich zeigen, dass man sich auf sie verlassen konnte.

Verbindlichkeit, Verlässlichkeit und Pünktlichkeit waren für sie entscheidende und unverzichtbare Charaktereigenschaften. Sie legte deshalb größten Wert darauf, zu jedem Termin lieber zwei Minuten zu früh, als auch nur eine Sekunde zu spät zu erscheinen, selbst wenn sie dazu laufen musste.

In einer solchen Eile huschte sie noch eben zwischen die sich gerade schließenden Türen des Personalfahrstuhls, in dem sich zu diesem Zeitpunkt nur eine einzige weitere Person befand, nämlich er. Obwohl sie erst unlängst fünfundzwanzig geworden war, er ihrer Schätzung nach jedoch schon mindestens Ende dreißig sein durfte, faszinierte er sie sofort. Sie senkte unwillkürlich ihren Blick, wie sie es stets tat, wenn sie von einem Mann beeindruckt war, und er sie auch als Mann interessierte.

»Der Fahrstuhl ist nur fürs Personal. Stand aber auch draußen vor der Tür«, grummelte er sie unfreundlich von der Seite an.

»Oh Entschuldigung, das war mir nicht bekannt. Kann ich trotzdem ausnahmsweise einmal mitfahren? Wissen Sie, ich bin nämlich in großer Eile.«

Er wirkte leicht verärgert. »Dann wissen Sie es eben jetzt. Nein, Sie können nicht mitfahren. Für Besucher und Patienten haben wir separate Fahrstühle, zum Beispiel gleich dort drüben«, antwortete er unwirsch, während er die Türe öffnete.

Mit einer schroffen Handbewegung wies er in die Richtung, in der sich die anderen Fahrstühle befanden. Obwohl: Sicher war sie sich dabei nicht. Ihr kam es eher so vor, als habe er irgendwohin gezeigt.

Betont hilflos schaute sie ihn mit ihren allergrößten Rehaugen an. Die Tatsache, dass er sie um mindestens einen Kopf überragte, gab der Situation eine ganz besondere Note, die ihn deutlich sanfter stimmen ließ.

»Wo wollen Sie denn überhaupt hin?«

»Zu einer Besprechung bei Oberarzt Dr. Rebmann im vierten Stock.«

Schlagartig meldete sich seine Verärgerung zurück. »Wollen Sie mich auf den Arm nehmen? Der hat zurzeit keine Sprechstunde.«

»Ich will ihn ja auch nicht sprechen, sondern er mich«, blieb sie unbeirrt bei ihrer ›armes unschuldiges Mädchen‹-Strategie.

Wie aus heiterem Himmel brach er in ein schallendes Gelächter aus.

»Sagen Sie bloß, Sie sind unsere neue Assistenzärztin Stefanie!«

»Ja«, gab sie verlegen zu.

»Okay, also ich denke wir beide sollten noch einmal ganz von vorne anfangen. Ich bin Dr. Rebmann, aber für alle anderen im Hause Matthias. Wir duzen uns nämlich hier, und es wäre schön, wenn wir das auch so halten könnten.«

»An mir soll es nicht liegen«, flüsterte sie zurück.

»Fein, dann sollten wir dabei bleiben. Und ich darf dir ganz offiziell die Hand geben. Es tut mir leid, aber wir hatten heute Vormittag eine sehr schwere Operation. Ich bin deshalb noch nicht dazu gekommen, in deine Unterlagen zu schauen. Ich vermute, es befindet sich darin ein Foto, an dem ich dich hätte erkennen können.«

»Tut es.« Sie senkte erneut fast schüchtern ihre Augenlider. Matthias verunsicherte sie allein schon durch seine überaus präsente Männlichkeit.

Im Büro angekommen, erklärte er ihr, dass in der Klinik zurzeit drei Assistenzarzt-Stellen offen seien. Er gab ihr den Rat, sich jede einzelne genauestens anzuschauen, und sich dann möglichst für das Fachgebiet zu entscheiden, das sie am meisten interessiert oder ihr persönlich am ehesten liegt. Er fügte noch hinzu, dass er bei einem solchen Zeugnis, wie sie es vorgelegt hat, an ihr ganz außerordentlich interessiert sei, und er sich freuen würde, wenn sie sich für seine offene Stelle entschiede.

Was sie wenige Tage später auch tat. Sie träumte ohnehin davon, Gehirnchirurgin zu werden, und Matthias war auf diesem Fachgebiet ein renommierter Experte. Idealer hätte es nicht sein können, wenn nicht diese ständige Verunsicherung gewesen wäre, die er als Mann bei ihr auslöste. Hierdurch fühlte sie sich auch beruflich erheblich unter Druck gesetzt. Sie wollte unbedingt immer alles ganz genau und richtig machen und geradezu perfekt sein, um sich ihm gegenüber keine Blöße zu geben. All das belastete und stresste sie mit der Zeit so stark, dass sie mit dem Gedanken spielte, ihr berufliches Traumziel aufzugeben und in eine andere Abteilung zu wechseln.

Ihr Verhältnis zu ihm änderte sich unvermittelt, als er sie nach einer sehr langwierigen und bis spät in die Nacht andauernde Notoperation an einem Unfallopfer, bei der sie assistierte, fragte, ob er ihr zu Hause noch etwas zu essen machen könnte, zumal um diese Uhrzeit bereits alle Restaurants geschlossen hätten. Überglücklich willigte sie ein, denn sie erhoffte sich von einem solchen gemeinsamen Abend, dass sie endlich ihre Nervosität und Angst ihm gegenüber verlor. Auch überlegte sie, ihm direkt von ihren Problemen zu erzählen. Ihrer Meinung nach hätte man dies durchaus als ein Zeichen von Professionalität werten können.

Der Abend nahm jedoch einen für sie völlig unerwarteten Ausgang: Sie landeten gemeinsam im Bett. Allerdings empfand sie den Sex mit ihm alles andere als schön und erregend. Von Anfang an verkrampfte sie, und je intensiver sie miteinander schliefen, desto schlimmer wurde es. Zu ihrer Enttäuschung erlebte sie keinen einzigen Höhepunkt in seinen Armen.

Zu Hause angekommen weinte sie bitterlich. Sie bereute es von ganzem Herzen, sich mit ihm eingelassen zu haben. Für sie war der Abend, so wie er gelaufen war, ein einziges Fiasko. Immer wieder überlegte sie, wie sie ihm danach noch unter die Augen treten könnte. Am liebsten hätte sie schon gleich am nächsten Morgen alles hingeworfen und sich woanders beworben. Doch das ließ ihr Verantwortungsbewusstsein nicht zu. In den kommenden Wochen standen etliche sehr schwierige Operationen an, und ein Ersatz für sie war nicht in Sicht. Sie fragte sich ernsthaft, wie sie diese Zeit durchstehen sollte.

Matthias und sie sprachen in den nächsten Tagen kein einziges persönliches Wort miteinander. Allerdings bemerkte sie, dass er in den Pausen ganz häufig zu ihr herüberblickte, als wenn ihm bereits aufgefallen wäre, dass sie manchmal nicht ganz bei der Sache war und mitunter sogar ausgesprochen unkonzentriert arbeitete.

Umso verwunderter war sie, als er sie noch am Donnerstagabend der gleichen Woche zur Seite nahm und fragte, ob sie Zeit und Lust hätte, ihn am kommenden Samstag gegen 16 Uhr zu Hause zu besuchen. Sie erschrak sogleich, denn sie vermutete, er wollte ihr bei der Gelegenheit die Kündigung aussprechen. Auch ihrer Meinung nach war ihre Fahrigkeit und Nervosität kaum mehr tolerierbar. Nur wenige Stunden zuvor hatte er bei einem äußerst schwierigen Eingriff dringend nach einem Operationswerkzeug verlangt, was sie ihm jedoch erst nach wiederholter Aufforderung reichte, als wenn sie ihn nicht gehört hätte oder mit ihren Gedanken ganz woanders gewesen wäre. Sie hielt sich zugute, bislang noch keinen einzigen wirklich schwerwiegenden Fehler begangen zu haben. Stets waren es eher kleine Unpässlichkeiten oder gar Lappalien, doch auch die konnten – wie sie nur allzu gut wusste – auf Dauer und in der Summe untragbar sein. Selbst eine ältere Krankenschwester erkundigte sich sorgenvoll bei ihr, ob sie etwas bedrücke, denn sie wirke in der letzten Zeit alles andere als glücklich und zufrieden auf sie, was einige Wochen zuvor noch ganz anders gewesen sei.

Sie entschied sich schließlich, seiner Einladung zu folgen, denn etwas anderes machte im Grunde auch keinen Sinn: Einerseits wollte sie selbst so schnell wie möglich woanders hin – insoweit trafen sich ihre Interessen hier –, andererseits schien ihr das die allerletzte Gelegenheit zu sein, ihm ganz offen und ehrlich ihre Probleme mit ihm zu gestehen, so schwer ihr das auch fiele.

Sie hatte kaum auf seiner Wohnzimmer-Couch Platz genommen, als er bereits zur Sache kam.

»Stefanie, was glaubst du, warum ich dich heute eingeladen habe?«

Verlegen schlug sie ihre Augen nieder. »Weil ich dir vermutlich viel zu unkonzentriert bei der Arbeit bin, und du mir deshalb die Kündigung aussprechen möchtest.« Sie brachte den Satz so schnell hervor, dass sich ihre Worte beinahe überschlugen.

»Hm, macht man das neuerdings schon zu Hause bei Kaffee und Kuchen? Das hätte ich in meinem Büro doch viel bequemer erledigen können, oder?«

Sie sah ihn fragend an. »Heißt das, du willst mir gar nicht kündigen?«

»Nein, momentan nicht. Aber so ganz daneben lagst du nicht. Ich mache mir nämlich zunehmend Sorgen um dich«, antwortete er mit äußerst ruhiger Stimme.

Unruhig zappelte sie auf dem Sofa hin und her.

»Ja, ja, ich weiß. Das macht sich unsere Oberschwester Bettina auch. Wie nett, dass sich alle ständig um mich sorgen.«

Amüsiert folgte er dem Spiel ihrer Lippen, welches so gar nicht zur Bitterkeit ihrer Worte passen wollte. Doch er ließ sich seine innere Ausgelassenheit nicht anmerken.

»Wobei es sich allerdings fragt, ob sie sich aus den gleichen Gründen sorgt, wie ich«, merkte er trocken an.

»Aha, und was ist es bei dir? Oder lass mich raten: Ich war dir nicht weibchenhaft genug im Bett, jedenfalls nicht so, wie die ganzen Krankenschwestern, die du schon vor mir hattest«, brachte sie hastig und mit einem verächtlichen Ton in der Stimme hervor, was ihn sehr zu erheitern schien, denn er grinste über das ganze Gesicht.

»Nanu? Siehst du hier irgendwelche Krankenschwestern? Warum bin ich dann nicht gleich bei denen geblieben, wenn die angeblich alle so umwerfend geil und toll im Bett sind?«

»Weil Männer regelmäßig was Neues brauchen. Diesmal war ich dran, nächste Woche wird es Christiane sein, und so geht das Spiel munter weiter«, hielt sie ihm mutig entgegen.

Auf seiner Stirn zeichneten sich erste Sorgenfalten ab.

»Oh, die Frau spricht aus Erfahrung. Leider liegst du völlig falsch, auch was Christiane angeht, mit der war ich nämlich schon im Bett.«

Schlagartig verfinsterte sich sein Blick und nahm einen ausgesprochen zornigen Ausdruck an.

»Doch Schluss damit! Auf solch kindische Gespräche lasse ich mich nicht länger ein. Stefanie, dein Problem ist, dass du restlos verkopft bist. Und dein alberner Stolz!

Manchmal könnte man glatt meinen, du wolltest dich bei allen deinen Handlungen vollkommen unter Kontrolle haben, nicht nur bei der Arbeit, sondern auch im Bett, damit du dir selbst dort keine Blöße geben musst. Man muss sich das einmal vorstellen: Selbst beim Sex schaffst du es, komplett angezogen zu bleiben!« Er lachte kurz auf, um aber sogleich fortzufahren:

»Deine Schwierigkeiten sind allesamt hausgemacht, sie werden nicht von mir verursacht, sondern von dir selbst. Und das hört mir ab sofort auf: Los zieh dich aus!«

Sie traute ihren Ohren nicht und schaute ihn fassungslos an.

»Ja, du hast schon ganz richtig gehört: Ausziehen!«, wiederholte er bestimmt.

»Ich soll mich jetzt hier vor dir ausziehen? Ganz? Bis ich nichts mehr anhabe?« Noch mehr, als über sein Anliegen, war sie über seinen beinahe feindlich gestimmten Blick irritiert. So hatte sie ihn noch nie erlebt.

»Mensch Stefanie, du bist doch sonst nicht so schwer von Begriff. Ich habe ›Ausziehen‹ gesagt, und das auch noch als dein Chef! Passiert da jetzt etwas, oder muss ich erst nachhelfen? Wenn du bei drei noch nicht angefangen hast, mach ich es selbst!«

Völlig konsterniert schaute sie ihn mit riesengroßen Augen an, die wie von Geisterhand den Ausdruck eines verwundeten Rehs angenommen hatten.

»Eins«

Sie war sich absolut sicher, dass er seine Drohung nicht wahr machen würde.

»Zwei«

»Drei! Okay, du hast es nicht anders gewollt. Eigentlich müsste ich dir jetzt kündigen, da du meinen ausdrücklichen Anweisungen nicht gefolgt bist. Bei Operationen muss ich mich restlos auf dich verlassen können. Und wenn du noch nicht einmal solchen Dingen nachkommst …, na ja. Aber das wäre irgendwie zu billig. Und zu freudlos auch.«

Schwungvoll erhob er sich aus seinem Sitz, drückte sie mit einem keinen Widerstand duldenden kräftigen Griff auf die Couch und machte sich sogleich an ihrem Gürtel zu schaffen. Schlagartig wurde ihr klar, dass er es absolut ernst meinte. Doch sie wollte sich die Peinlichkeit, sich von ihm wie ein Kind oder gar eine hilflose Patientin entkleiden zu lassen, unbedingt ersparen. Mit Tränen in den Augen bat sie um Einhalt.

»Stopp! Bitte hör auf! Ich mach es ja.«

»Ach unsere stolze Stefanie«, kam es spöttisch zurück. »Wie niedlich sie doch aussieht, wenn sie mal wieder alles unter Kontrolle behalten möchte. Und wenn dann gar nichts mehr hilft, werden ganz schnell die Tränchen ausgepackt. Wie war das noch gleich mit dem weibchenhaft?«

Am liebsten wäre sie ihm an die Gurgel gesprungen. »Ich sagte doch, ich mache es. Nun hör bitte auf, mich ständig zu beleidigen«, zischte sie ihn an.

Wutentbrannt stand sie auf und zog sich direkt vor ihm aus. Als sie schließlich ihr Höschen ablegte, senkte sie verlegen den Blick und schaute zur Seite. Gleichzeitig verschränkte sie die Arme vor ihrer Brust und drückte ihre Knie zusammen. Dennoch errötete sie, denn sie glaubte genau zu spüren, wie er sie von Kopf bis Fuß musterte, als sie so nackt und hilflos vor ihm stand. Sie wagte kaum zu atmen.

»Und was jetzt?«

Provozierend langsam kam er auf sie zu. Ohne zu fragen, öffnete er ihre Arme und drückte ihre Knie ein Stück auseinander. »Ich will alles sehen«, ließ er sie beiläufig wissen. Er vergrub eine Hand in ihren Haarschopf und zog ihr den Kopf schmerzhaft in den Nacken. Gleich darauf drehte er sie einmal um die eigene Achse und betrachtete sie genussvoll von allen Seiten. In diesem Augenblick hätte sie ihn am liebsten lauthals beschimpft, doch sie brachte keinen einzigen Ton hervor.

Unvermittelt packte er sie kraftvoll im Nacken und drückte sie mit dem Kopf voran gewaltsam auf die Couch zurück, auf der sie zuvor gesessen hatte. Zwei oder drei weitere energische Griffe, und er hatte sie sich so zurechtgelegt, dass sie leicht gespreizt auf ihren Unterarmen, Knien und Füßen auf dem Möbelstück hockte, während ihr Kopf nach unten geneigt in Richtung Matratze wies. Seine Hand hielt ihren Nacken wie eine Zange umklammert, sodass es ihr unmöglich war, ihren Kopf mehr als wenige Zentimeter über Matratzenhöhe anzuheben.

»Lass den Kopf unten!«, wies er sie mit strenger Stimme an. »Der spielt ab sofort keine Rolle mehr, ganz im Gegensatz zu deiner Fotze und deinem Arsch, auf die es einzig und allein ankommt. Und auf deine Milchtüten natürlich, die wie die Euter einer trächtigen Kuh an dir herunterbaumeln. Ein wirklich prächtiger Anblick.«

Sie war empört, um nicht zu sagen, entsetzt. Sie fragte sich, wie er es bloß wagen konnte, so mit ihr zu reden? Einmal mehr spürte sie eine unbändige Wut in sich aufsteigen, die sie verzweifelt, allerdings auch ergebnislos gegen die Hand in ihrem Nacken ankämpfen ließ. Als sie sich erschöpft hatte, legte sie ihren Kopf kraftlos auf die Matratze ab und gestand ihm damit ihre vorläufige Niederlage ein.

Doch es sollte noch schlimmer kommen. Mehrmals hintereinander schlug er kräftig gegen ihre Brüste, die wie Glocken hin und her zu schwingen begannen.

»Welch reizender Anblick solche weichen Euter doch sein können. Es fehlen eigentlich nur noch die Jungen darunter, die gierig an den Zitzen saugen, um das Bild abzurunden. Dann würdest du auch endlich einmal etwas von Wert produzieren, und nicht immer nur den Müll in deinem Kopf.«

Erneut bekam sie es innerlich mit ihrer Wut zu tun. Sie ärgerte sich, seiner Einladung so leichtfertig gefolgt zu sein. Und sie ärgerte sich erst recht, sich auf sein Spiel bis hierher praktisch widerstandslos eingelassen zu haben. Aber es war auch eine Wut, die ihre Säfte fließen ließ, wie sie unschwer feststellen konnte.

»So, und nachdem du nun weißt, was ich von dir erwarte, wirst du deinen Kopf schön abschalten und gesenkt halten, und dich ganz auf Fotze und Arsch konzentrieren. Los Kätzchen, zeig mir was du hast und kannst. Lass dein Becken kreisen, als ginge es darum, alle streunenden Kater im Umkreis von zehn Kilometern anzulocken, um von ihnen besprungen zu werden. Und das willst du geiles Stück doch, oder?«

»Tut mir leid, aber das kann ich nicht. Dafür schäme ich mich viel zu sehr, ganz besonders vor dir«, bekannte sie weinerlich.

Doch statt verständnisvoll auf sie einzugehen, weidete er sich an ihrer Verzweiflung.

»Wieso vor mir? Soll ich ein paar Bauarbeiter von gegenüber hereinbitten und dich von ihnen durchficken lassen? Vielleicht noch einen Zehner dafür verlangen? Das machen die glatt! Und ich übrigens auch! Ist es das, was du möchtest?« Sanft fuhr er ihre Schamlippen entlang, als ginge es darum, sie für die schon bald eintreffenden Bauarbeiter vorzubereiten. Ihre nun auch von ihm wahrgenommene Feuchte entlockte ihm ein hinterhältiges Lächeln.

»Nein, aber überleg doch einmal: Du bist mein Chef, und ich soll so etwas vor dir tun«, wandte sie wehleidig ein.

Krachend landete seine Hand auf ihrem entblößten Hinterteil.

»Ich will aber nicht überlegen! Und du sollst es erst recht nicht«, erinnerte er sie laut und streng an das bereits Gesagte. »Habe ich irgendein Interesse am Output deines fortwährend rotierenden Gehirns bekundet? Nein! Begreif doch endlich: Alle deine Worte sind mir schnurzpiepegal. Wenn du mir etwas mitzuteilen hast, dann lass deine Fotze und deinen Arsch sprechen, ansonsten reagiere ich nicht darauf. Höchstens noch auf dein Schnurren. Von dir wird heute Abend nichts weiter verlangt, als deinen Kopf abzuschalten und dich endlich wie eine rollige Katze, die du ohnehin bist, zu benehmen, und der nur der Sinn danach steht, möglichst bald von möglichst vielen Katern besprungen zu werden. Wird's bald?«

Missmutig begann sie mit den ersten kreisenden Beckenbewegungen, die ihn jedoch in keinster Weise zufriedenstellten. Entsprechend streng war sein Urteil.

»Stefanie, wenn das in dem Stil so weitergeht, wirst du dich die nächsten Tage nicht einmal für eine Sekunde hinsetzen können, so werde ich dir deine Widerstände herausprügeln. Du glaubst, ich sei dazu nicht fähig? Hier hast du schon einmal einen Vorgeschmack.«

Erbarmungslos drosch er auf ihren Po ein. Als er endlich innehielt, kullerten dicke Tränen über ihr Gesicht. Allerdings weinte sie weniger vor Schmerzen, sondern weil sie sich von ihm gedemütigt fühlte, ausgerechnet von dem Mann, vor dem sie stets so viel Ehrfurcht und Hochachtung besessen hatte.

Doch Nachsicht war von ihm an dem Tag nicht zu erwarten. Er verlangte, dass sie sich ihm bedingungslos unterordnete.

»Nicht flennen, sondern kreisen. Hör endlich mit deinem albernen Blödsinn auf. Aktuell ist nicht das kleine Mädchen, sondern die rollige Katze gefragt. Los, mach!«

Endlich begann sie ihr Becken so lange und schwungvoll zu bewegen, wie er es sich vorgestellt hatte.

»Schon viel besser. Aber lass den Kopf weiter unten! Deine Lippen schweben stets unmittelbar über der Unterlage, dann ist es genau richtig. Deinen Kopf hast du nicht mehr, da du von mir enthauptet wurdest. Jetzt regiert hier einzig und allein deine Fotze, die du sowieso bist. Und nun fang an zu schnurren!«

Sie traute ihren Ohren nicht. Sich ihm auf diese entwürdigende Weise zu präsentieren und dabei alberne Bewegungen zu machen, war bereits eine schreckliche Zumutung. Doch nun auch noch Laute von sich zu geben, und zwar die eines Tieres, das war ihr einfach zu viel. Für sie war er damit entschieden zu weit gegangen.

»Das mache ich nicht«, brachte sie hastig und mit brüchiger Stimme hervor.

Wie besessen schlug er auf ihre Oberschenkel, ihre Po-Backen und einige wenige Male auf ihre Vulva.

»Das Wörtchen ›nicht‹ kennst du ab sofort nicht mehr. Ich will es nie wieder von dir hören! Verstanden? Im Übrigen möchte ich von dir ausschließlich artgerecht angesprochen werden, wie ich es dir schon die ganze Zeit vermittle. Nicht reden, sondern schnurren ist die Devise! Los, mach! Sonst hast du gleich die Bauarbeiter hier!«

Wütend biss sie die Zähne zusammen. Sie versuchte seinen Instruktionen so gut es ging, Folge zu leisten. Da sie nun restlos mit Schnurren, dem Kreisen ihres Beckens und der richtigen Haltung ihres Kopfes beschäftigt war, vergaß sie zunehmend ihre Sorgen und die ihrer Meinung nach peinliche Situation, der sie ausgesetzt war. Sie fand mehr und mehr Gefallen an dem absurden Spiel, und mit der Zeit keimte sogar echte Lust in ihr auf. Sie war erregt.

Als sie gerade glaubte, den optimalen Beckenschwung herausgefunden zu haben und zu beherrschen und sich bereits ein wenig wie eine richtige Katze fühlte, schob er ihr mehrere Finger in die Vagina und penetrierte sie hart.

»Ja, wer sagt es denn: eine rollige Katze mit klatschnasser Fotze, die sich vor lauter Geilheit und Verzweiflung sogar von meiner Hand ficken lässt, anstatt auf den nächsten Kater zu warten. Mann, musst du vielleicht drauf sein. In deiner Haut möchte ich wirklich nicht stecken.

Jetzt nur nicht innehalten! Und Schnurren! Bleib mit dem Kopf unten und beweg dich mit dem Becken vor und zurück, und vergiss das Kreisen nicht! Los, versuch es! Fick meine Hand! Mensch Stefanie, ich habe wirklich keine Lust, alles zehnmal zu wiederholen. Entweder du parierst und machst es exakt so, wie ich es will, oder du wirst die nächsten Tage stehend verbringen. Aber das sagte ich bereits.«

Sie drehte ihren Kopf zur Seite, um einen Blick auf ihn zu wagen. In ihrer jetzigen Lage – den Kopf gesenkt und Vulva und Po emporgehoben –, fühlte sie sich in der Tat wie ein ihm weit unterlegenes Tier, das seine Herrschaft akzeptierte. Wie um die Machtverhältnisse noch einmal zu bekräftigen, schob er mehrere Finger seiner anderen Hand in den ihm zugewandten und leicht geöffneten Mund, damit sie ihn dort gleichfalls befriedigte.

»Komm, saug schön daran. Stell dir vor, du hättest einen Schwanz im Mund und müsstest ihn restlos aussagen. Ja, du bist gar nicht mal so schlecht. Du kannst es doch!

Du hast übrigens geile Euter. Gerade jetzt, wo sie durch die Beckenbewegung wie Glocken unter dir hin und her baumeln, sehen sie total scharf aus. Und erst einmal deine steil aufgerichteten Zitzen dabei! Da gehört eindeutig eine Kette dran! Das sähe nicht nur viel aparter aus, sondern diente zugleich deiner Dressur. Später werden wir die Nippel vielleicht einmal piercen lassen.«

Die Hand, die sich gerade noch in ihrem Mund befand, machte sich nun an ihren Brüsten zu schaffen. Sie behandelten sie wie eine Sache, mit der man nach Belieben und ohne weitere Folgewirkungen hantieren konnte.

Doch das störte sie mittlerweile nicht mehr. Sie hatte sich damit abgefunden, dass er das durfte, und zwar ganz gleich, um welche Stelle ihres Körpers es sich handelte. Viel mehr interessierte sie in diesem Augenblick die Frage, wie seine Anmerkung ›später werden wir sie piercen lassen‹ zu verstehen war. Ihr schien es fast so, als wollte er sich auch in Zukunft regelmäßig mit ihr treffen. Sie freute sich darüber.

»Möchtest du eigentlich etwas trinken?«, fragte er unvermittelt sanft und entspannt. Zärtlich wuschelte er ihre Haare und tippte kurz an ihre Nasenspitze.

»Ja, das wäre gut, ich bin mittlerweile ziemlich durstig.«

Ein liebevoller Klaps landete auf ihrem Po.

»Okay, du machst genau so weiter wie bislang: Kopf unten lassen und mit dem Becken kreisen. Dazu schnurrst du sehnsuchtsvoll wie eine Katze. Ich hole dir schnell etwas zu trinken und ein paar weitere Utensilien dazu. Doch wehe, wenn ich bei meiner Rückkehr nicht genau das zu sehen und zu hören bekomme, was ich dir gerade aufgetragen habe.«

Während sie ihn im Nebenraum und in der Küche hantieren hörte, kehrten ihre negativen Gedanken zurück. Solange er sich mit ihr beschäftigte und sie forderte, war sie tatsächlich in der Lage, nahezu vollständig abzuschalten und sich ganz auf ihn und die ihr gestellten Aufgaben zu konzentrieren. Doch in dem Augenblick, wo er sie allein ließ, wurde sie sich wieder voll und ganz der Situation bewusst, in der sie sich befand, und ihre sich gerade entfaltende Erregung wich erneut einem Gefühl der

Scham und Ratlosigkeit. Verzweifelt sehnte sie sich ihn herbei. Für sie stand fraglos fest, dass sie und er zu weit gegangen waren. Sie hatte mit seiner Hilfe eine Grenze überschritten, die sie nicht hätte übertreten dürfen. Für sie war das, was sie gerade tat, absolut lächerlich und indiskutabel, und wenn sie noch halbwegs bei Verstand und nicht vollständig von ihrer Geilheit verblendet gewesen wäre, dann hätte sie auf der Stelle aufstehen und ihn auf nimmer Wiedersehen verlassen müssen.

Doch irgendeine andere, gleichfalls mächtige innere Kraft hielt sie davon zurück. Auch sagte sie sich, dass ihre momentane Scham und Unsicherheit überhaupt nichts mit ihrer Nacktheit, dem grotesken Beckenkreisen und dem noch viel absurderen Katzenschnurren zu tun haben konnte, denn vielfach hatte sie exakt die gleichen negativen Gefühle in ganz normalen Situationen und insbesondere dann, wenn sie mit sich allein war. Wenn sie es sich also recht überlegte, dann schien ihr unter den drei verschiedenen Erlebniszuständen, die sie kannte, nämlich ›ein ganz normales Leben führen‹, ›eine von ihm beherrschte rollige Katze sein‹ und ›eine einsame Katze sein‹, eindeutig die mittlere Option, das heißt, die Miezekatze an seiner Seite, der Zustand zu sein, der bei Weitem die meisten und schönsten Glücksgefühle versprach. Als sie sich die verschiedenen Bilder und Stimmungen der letzten Stunde noch einmal in Erinnerung rief, meldete sich auch prompt ihre Erregung zurück. Sie wünschte sich, er möge baldmöglichst zu ihr zurückkehren, um erneut Hand an sie zu legen.

Dies geschah dann allerdings in einer Form, mit der sie so nicht gerechnet hatte. Denn kaum war er zurück, schob er ihr eine flache, mit Wasser gefüllte Schale unter den Mund, und merkte an:»Für mein kleines, geiles Kätzchen gibt es heute nur Wasser. Erst wollte ich dir nahrhafte, verdünnte Milch reichen, doch dann habe ich es mir anders überlegt. Denn wer weiß, vielleicht hätte ich mir am Ende noch lange Vorträge über Laktoseintoleranz oder dergleichen anhören müssen. Aber Wasser soll schließlich auch gesund sein, oder?«

Voller Verwunderung blickte sie auf die Wasserschale unter ihr.»Und wo ist das Glas dazu?«

Machtvoll drückte er ihren Mund vom Nacken her in die Wasserschale. »Trink wie ein Kätzchen mit der Zunge, Muschi! So schwer kann das doch nicht sein! Gläser sind in meinem Haushalt ausschließlich Menschen vorbehalten, in unserem Falle folglich mir. Und nun trink!«

Längst hatte er wieder einige Finger in ihre Scheide geschoben, die von ihr freudig angesogen und aufgenommen wurden. Sie entspannte sich hierdurch so sehr, dass sie die Wasserschale ohne weitere Unterbrechung und praktisch in einem Zug auf die ihr befohlene Weise leerte.

»Das hast du ganz lieb gemacht. Nun komm noch einmal hoch, ich möchte mein Kätzchen ein wenig verschönern.« Sie gehorchte aufs Wort. Aber sie war ohnehin erleichtert, die ihr aufgezwungene Katzenhaltung verlassen zu dürfen.

Als Erstes legte er ihr ein Halsband an. Als er dann noch eine Busenkette an ihre Brustwarzen klemmte, stieß sie einen spitzen Schrei aus, so unvermittelt setzte der Schmerz ein.

»Keine Sorge, zu Beginn kann dies ganz schön wehtun, doch du wirst dich schon bald daran gewöhnt haben. Die Kette wird dir helfen, dich ganz auf deine eigentliche Aufgabe zu konzentrieren und deinen störenden Apparat hier oben auszuschalten.«

Einige Male klopfte er mit der flachen Hand auf ihre Stirn. Als sie ihn dennoch alles andere als überzeugt ansah, küsste er sie zu ihrer Verwunderung liebevoll auf den Mund, und meinte:

»Du schaffst das schon, ich weiß es!«

Um gleich darauf hinterhältig lächelnd hinzuzufügen:

»Die Kette erfüllt allerdings noch einen anderen praktischen Zweck: Ich kann dich damit ganz wunderbar genau dorthin dirigieren, wohin ich dich haben möchte. Wie zum Beispiel in deine artgerechte Katzenhaltung, schau mal, etwa so.«

Er zog so fest und gezielt an ihrer Busenkette, dass sie sich widerstandslos in die Position zurückleiten ließ, die sie die ganze Zeit zuvor innehatte.

»Braves Kätzchen. Nun darf sie wieder schnurren und mit ihrem Fötzchen locken. Ich bin mal gespannt, ob sie damit tatsächlich heute jemanden anlocken kann, der sie besteigen will. Vielleicht dringt es irgendwann den Bauarbeitern gegenüber an die Ohren, wer weiß?

Bei deiner bislang gezeigten, sehr geringen Einsatzbereitschaft möchte ich das allerdings bezweifeln. Mir scheint dies überhaupt dein eigentliches Grundproblem zu sein: Stets nur die halbe Leistung erbringen, selbst dort, wo der volle Einsatz zwingend erforderlich wäre, wie etwa in deinem Beruf. Man merkt selbst da sehr genau, dass du eigentlich viel mehr zu leisten imstande wärst, dennoch lieferst du beständig nur unteres Mittelmaß ab. Man könnte dann glatt den Eindruck gewinnen, du machtest das mit Absicht, möchtest dein Umfeld gar provozieren. Zeig mir doch wenigstens jetzt einmal, dass mehr in dir steckt, indem du dich redlich darum bemühst, nicht schon wieder zu versagen. Und versuch endlich einmal, die einfachen Dinge richtig hinzubekommen, wenn dir dies schon als Ärztin nicht gelingt. Ich finde ohnehin, dass du dort eigentlich nichts zu suchen hast, um nicht zu sagen, völlig fehl am Platz bist. Denn wer bist du schon? Ein Tier, eine Katze, ein Ding letztlich! Was hat das überhaupt in einem OP-Saal zu suchen, kannst du mir das einmal verraten? Für Katzen hat die Medizin beim besten Willen keine Verwendung, höchstens für Laborzwecke, für den Fall, dass uns mal die Fruchtfliegen, Mäuse und Affen ausgehen. Und selbst in der Funktion wärst du bestenfalls unteres Mittelmaß, gerade einmal für die Tierversuche zu gebrauchen, die ich gelegentlich anstelle.«

Stefanie schwankte zwischen Empörung und Verzweiflung. Es verletzte sie sehr, wie geringschätzig dieser Mann über sie redete und möglicherweise sogar über alle Frauen dachte. Dennoch wagte sie nicht zu protestieren, da er die ganze Zeit wie wild an ihrer Nippelkette zog. Um noch schlimmere Schmerzen zu vermeiden, die sie vielleicht gar nicht mehr hätte aushalten können, schien es ihr deshalb ratsam zu sein, sich ihm schweigend zu fügen.

Als sie gerade wieder den richtigen Beckenschwung gefunden hatte, kramte er unter den herbeigeholten Utensilien eine Paddelpeitsche hervor, mit der er abwechselnd auf ihre beiden Pobacken eindrosch, gelegentlich auch zwischen ihre Beine und auf ihre Oberschenkel.

»Kreisen! Mehr, mehr! Überzeug mich davon, dass du tatsächlich ein absolut lohnendes Fickstück bist. Mach dich selbst schmackhaft. Überzeug mich wenigstens dieses eine Mal von dir, wenn dir das sonst schon nicht gelingen will.«

Doch anstatt ihre Bewegungen weiter zu intensivieren, hielt sie unvermittelt inne.

»Was ist denn jetzt schon wieder los? Soll ich auch noch die Reitgerte herholen. Brauchst du schwereres Geschütz?«

Seine Züge hatten etwas Verklärtes, fast Schwärmerisches angenommen. Offenkundig sah er sie vor seinem geistigen Auge bereits der Reitgerte ausgesetzt.

»Sorry, ich muss mal. Darf ich kurz ins Bad?«

»Nein verdammt, das darfst du nicht. Mein Bad ist ausschließlich Menschen vorbehalten. Eine Katze hat darin überhaupt nichts zu suchen. Christiane hat es regelmäßig benutzt, wenn sie hier war, um von mir gefickt zu werden, und die anderen Schwestern auch. Für dich gilt das jedoch nicht. Ist aber nicht weiter schlimm, denn für den Fall habe ich vorgesorgt. Du kannst gleich hier in die Schüssel pinkeln, bist schließlich ein stubenreines Kätzchen, wie ich hoffe.«

Sie warf ihm einen trotzigen Blick zu. »Aber du kannst doch nicht ernsthaft von mir erwarten, direkt hier vor dir in deine blöde Schüssel zu machen!«, hielt sie ihm schnippisch entgegen.

Ein besonders heftiger Peitschenhieb landete krachend auf ihrem Po.

»Wirst du jetzt auf einmal frech, Stefanie? Und ob ich das kann! Ich kann sogar noch viel viel mehr. Und was habe ich dir eben zur weiteren Verwendung des Wörtchens ›nicht‹ gesagt? Die nächsten Tage wirst du im Stehen verbringen, das wird nun langsam immer klarer. He he!«

So sehr seine Stimme gerade eben noch spöttisch und voller Hohn geklungen hatte, so sehr nahm sie nun – während er seine Erläuterungen fortsetzte – sanfte und versöhnliche Töne an.

»Schau mal, welche Alternativen stehen dir denn zur Verfügung, wenn du mal ganz realistisch über die Sache nachdenkst, sofern du dazu überhaupt in der Lage bist, was ich bei dir mittlerweile bezweifeln möchte. Du könntest zum Beispiel direkt in das Futter der Couch pieseln, was den Hausherrn jedoch verständlicherweise mächtig erzürnen würde. Er müsste dann zwangsläufig zu dem Ergebnis kommen, dass sein Kätzchen offenbar noch längst nicht stubenrein ist, und somit zunächst entsprechend erzogen werden muss. Bei dem Unterricht würde es natürlich viel strenger zugehen als bei den Kuschelsachen, die wir bislang gemacht haben. Möchtest du das? Dann tu es! Komm Stefanie, mach mir bitte die Freude und piesel direkt in die Couch. Aber ertrag dann auch die Konsequenzen, die das nach sich ziehen wird. Oh je, meine Schlaghand beginnt bereits zu vibrieren, so sehr freut sie sich auf dich.«

Resigniert und bereits ein wenig demoralisiert schaute sie ihn von ihrer unterwürfigen Position aus an. Sein Blick ließ für sie keinerlei Zweifel aufkommen: Er würde das genau so wie angedroht durchziehen. Einmal mehr entschied sie sich aus purer Hilflosigkeit und aus Angst vor weiteren Schmerzen und Demütigungen dazu, sich ihm zu fügen. Irritiert musste sie feststellen, dass sie die ganze Zeit dabei war, Schwelle für Schwelle zu überschreiten und jedes Mal ein Stückchen mehr von sich preiszugeben, über das er verfügen konnte. Sie fragte sich, wie weit sie ihn noch gehen lassen würde, bevor sie ihm unmissverständlich klarmachte: Hier ist die Grenze! Bis hierher und nicht weiter!

Hinzu kam, dass sie sich längst viel zu schwach fühlte, um ihm überhaupt noch einen ernsthaften Widerstand entgegenzubringen. Wenn sie ganz ehrlich war, dann musste sie unumwunden zugeben, dass es wohl ohnehin längst zu spät war. Sie war ihm vollständig ausgeliefert. Er beherrschte sie nach Belieben, und sie hatte sich ihm ergeben.

Immerhin verspürte sie ein Gefühl der Erleichterung, als sie es schließlich in das Schüsselchen laufen ließ, welches er ihr direkt unter das Becken platziert hatte, wenngleich sie es als äußerst entwürdigend empfand, wie unmittelbar er ihr dabei zusah, von seinen begleitenden respektlosen Kommentaren einmal ganz abgesehen. Er schien es geradezu darauf angelegt zu haben, sie jeglicher Privatsphäre und im Grunde auch menschlicher Würde zu berauben.

»Und? Geht es meinem Kätzchen jetzt besser?«

»Einerseits ja, andererseits empfand ich es als absolut entwürdigend, dies so ganz nackt direkt vor dir zu machen, während du komplett angezogen warst. Ich hatte mich vorhin ohnehin schon gewundert, warum du dir ausgerechnet heute eine Krawatte umgebunden hast, wo man das sonst von dir so gar nicht kennt. Auch deshalb vermutete ich anfänglich, du wollest mir kündigen. Es sah halt mächtig offiziell aus. Mittlerweile glaube ich jedoch, die Krawatte ist lediglich Teil des viel perfideren Plans, mir meine Würde zu rauben. Und das ist dir im Grunde auch gelungen.«

Er lächelte sie überlegen an.

»Musch Stefanie, nimmt denn das überhaupt kein Ende mit deinem Kopf? Was habe ich dir vorhin gesagt? Du bist Fotze, und sonst gar nichts. Es steht dir überhaupt nicht zu, dir solche komplizierten Gedanken über dich und mich zu machen. Konzentriere dich einzig und allein darauf, wie du in deinem rolligen Zustand endlich einen Schwanz in deine Muschi kriegst.

Dein größter Fehler ist dein Stolz, und den werde ich dir restlos nehmen. Jeder Straßenköter wird mehr Stolz und Würde als du besitzen, wenn ich mit dir fertig bin.

Würde, Würde, Würde, wenn ich das schon höre! Entwürdigen kannst du nur jemanden, der Würde besitzt, und das ist bei einem rolligen Kätzchen absolut nicht der Fall. Du würdest doch alles tun, nur um endlich einen Schwanz hinein gesteckt zu bekommen.«

Zu ihrem Entsetzen musste sie sich eingestehen, dass er damit nicht einmal unrecht hatte. Mittlerweile wünschte sie sich nämlich in der Tat nichts mehr, als dass er sie endlich nähme, zumal er bereits an ihrer Rosette fingerte, was sie aufs Äußerste erregte. Sie ertappte sich bei dem Gedanken, dass er sich ruhig für diese Öffnung entscheiden dürfte, wenn er es denn bloß möglichst bald irgendwo täte.

Ein plötzlicher intensiver Schmerz in ihrem Unterleib ließ sie auf andere Gedanken kommen. In ihrer hinteren Öffnung steckte ein kühler, metallener Plug, den er schwungvoll und umvermittelt in sie hineingedrückt hatte, und zwar exakt in dem

Moment, in dem sie sich aufgrund seines Fingerspiels ganz entspannt hatte. Dennoch war der Schmerz so stark, dass sie minutenlang auf die Zähne biss. Erst danach wurde es langsam erträglicher.

»Ich denke, dies wird dir helfen, dich noch mehr auf deine eigentliche Aufgabe zu konzentrieren. Außerdem siehst du nun wirklich wie ein kleines Kätzchen aus. Schau mal, es ist total geil!«, teilte er ihr begeistert mit.

Sie traute ihren Augen nicht. Am Plug war ein langer schwarzer Katzenschwanz angebracht, den er sogleich lachend und neckend auf ihren Rücken warf. Dazu setzte er weitere kräftige Klapse auf ihren leuchtend roten Po.

»Du hast den Schwanz-Plug die ganze Zeit in dir zu behalten, was auch immer mit dir geschehen mag. Das gilt übrigens für andere Schwänze auch. Konzentriere dich also darauf und enttäusche mich nicht. So, und jetzt möchte ich endlich ein absolut perfektes rolliges Kätzchen erleben. Weitere Unterbrechungen dulde ich nicht. Haben wir uns verstanden?«

Stumm und willig nickte sie mit dem Kopf. Das von ihr Verlangte war allerdings ohnehin in ihrem Sinne, denn in der Zwischenzeit hatte er mehrere Finger in ihr Lustzentrum geschoben, mit denen er sich energisch und mit hoher Frequenz in ihr vor- und zurückbewegte, während er gleichzeitig ihren Kopf und ihren Oberkörper von den Nippeln her nach unten zog.

Die Fokussierung auf ihr Schnurren, die kreisenden Beckenbewegungen und den Plug in ihrem Po, die wohligen Gefühle in ihrer klatschnassen Vagina und der intensive, von ihren Brüsten ausgehende Lustschmerz, ließen sie in einen schwerelosen Zustand der Hingabe und des Genommenwerdens fallen, von dem sie sich erhoffte, er möge nie vergehen und für alle Zeiten so verbleiben.

»Ja, so ist prima! Endlich bist du die geile Katze, die ich schon die ganze Zeit sehen wollte. Bist du rollig genug, um von mir besprungen zu werden?«

Mit einer heftigen Vor- und Rückbewegung ihres Beckens gab sie ihr Einverständnis. Tatsächlich wünschte sie sich in dem Moment nichts sehnlicher als das.

»Dann sag es auch. Sag: ›Fick mich‹!«

Klar und deutlich sprach sie es aus, was ihm jedoch nicht genügte.

»Lauter! Schrei es raus!«

Sie kam seinem Wunsch entgegen. Es reichte ihm wieder nicht.

»Schrei es so laut, dass es sogar meine Nachbarn hören können. Sie alle sollen heute direkt von dir erfahren, dass du ein verkommenes Fickstück bist, das es vor Geilheit nicht länger aushält und mich deshalb schreiend darum bittet, es endlich nach Strich und Faden durchzuficken. Los, schrei!«

Doch wie sehr sie sich auch bemühte und ihre Stimme anhob, es war ihm stets nicht laut genug.

»Okay, ich sehe schon, mehr geht nicht, mehr ist heute nicht drin. Aber was nicht ist, kann ja noch werden. Dann werde ich mich halt bei einem unserer nächsten Treffen eingehend deiner stimmlichen Weiterentwicklung widmen.

Dennoch hast du dir eine kleine Belohnung verdient, dein ernsthaftes Bemühen war nicht zu übersehen. Allerdings kann ich dir diesmal noch nicht die volle Erfüllung zugestehen, das wäre weiß Gott zu viel des Guten. Warte einen Augenblick hier.«

Als er wenig später zu ihr zurückkehrte, hielt er eine aufgezogene Spritze in der Hand.

»Dreh dich auf den Rücken und mach die Beine breit. Ich setze dir schnell ein Betäubungsmittel in unmittelbarer Nähe deines Kitzlers. Die volle Wirkung stellt sich für gewöhnlich bereits nach zwei Minuten ein und hält für mindestens zwei Stunden an. Die meisten Frauen sind damit nicht mehr orgasmusfähig, obwohl sie weiterhin sehr viel Lust verspüren können. Ich hoffe, dass es bei dir ganz ähnlich ist.«

Sie war überrascht, wie bereitwillig sie für ihn die Beine öffnete, um ihre Strafe entgegenzunehmen.

»Siehst du, es hat überhaupt nicht wehgetan. So, und nun will ich mich mit dir vergnügen. Es tut mir echt leid, dass es für dich ein bisschen bescheidener ausfallen wird. Immerhin kannst du dir dabei schon ein wenig vorstellen, wie es bei voller Belohnung sein könnte. Ob ich sie dir aber bereits schon beim nächsten Mal zugestehen werde, hängt ganz entscheidend davon ab, wie gut du dich jetzt ficken lässt. Sorgst du die ganze Zeit dafür, dass *ich* vor allem etwas davon habe, kannst du dir bereits ein paar Pluspunkte gutschreiben.«

Noch während er sprach, hatte er sich seiner Kleidungsstücke entledigt. »So, und nun hock dich wieder als Kätzchen vor mich hin, und lass mich machen.«

Er ließ sich sehr viel Zeit mir ihr und nahm sich all das, was sie ihm in ihrer ersten gemeinsamen Nacht verweigert hatte. Wenn sich sein Glied in ihrer Scheide bewegte, fühlte sie sich aufgrund des gleichzeitig in ihr befindlichen Plugs restlos von ihm ausgefüllt. Zweimal nahm er sie auf diese Weise, ein drittes Mal in ihrem Mund.

Als er schließlich mit ihr fertig war, befreite er sie bis auf ihr Halsband von allen Utensilien, was sich stellenweise recht schmerzhaft gestaltete. Während sie sich im Bad frisch machte, bereitete er in der Küche das Abendessen vor, an dem sie auf seinen ausdrücklichen Wunsch hin unbekleidet teilzunehmen hatte.

Beim Dinner unterhielten sie sich vorwiegend über eher belanglose, persönliche Angelegenheiten. Einmal wollte er wissen, wo ihre Eltern wohnten, ob sie Geschwister habe und wie ihr Verhältnis zu ihnen sei. Sie tat es ihm anschließend gleich. Eine Thematisierung ihres beruflichen und sexuellen Verhältnisses war dagegen – ohne dass sie es vorher abgesprochen hatten – tabu.

Ihr fiel auf, wie liebevoll, aufmerksam und gleichberechtigt er sie behandelte, als hätte es die vorangegangenen Ereignisse nie gegeben. Es war fast so, als wollte er ihr die Würde, die er ihr zuvor genommen hatte, nun wieder zurückgeben.

Sie unterschieden sich beim Abendessen weder im Status noch in ihren Rechten und Pflichten, sondern einzig und allein in der Kleidung: Während er vollständig angezogen war, trug sie lediglich Schmuck, Halsband und Schuhe. Allerdings spielte das für sie in dem Augenblick keine große Rolle, da sie sich längst daran gewöhnt hatte, seinen Blicken ganz ausgesetzt zu sein. Außerdem hatte sie nach den vorangegangenen Anforderungen und Belastungen einen so großen Hunger, dass ihr solche Feinheiten wie belanglose Lappalien vorkamen. Ihrer Meinung war es überhaupt kein Problem, wenn er sich beim Essen die ganze Zeit an ihrem nackten Körper weidete, da sie sich in dem Moment ohnehin primär für das mit einer Sauce béarnaise übergossene saftige Steak auf ihrem Teller interessierte, welches er für sie zubereitet hatte.

Nach dem Abendessen zogen sie sich zu einem Glas Rotwein in die Sitzecke seines Wohnzimmers zurück. Kaum hatte er sich gesetzt, rollte sie sich – als könnte es nicht anders sein – wie ein Wollknäuel zusammen und schmiegte sich an seinen Bauch.

Ihm einerseits ganz ausgeliefert zu sein und andererseits dabei so sehr unter seinem Schutz zu stehen, ließ sie schließlich doch noch die Frage stellen, die ihr schon die ganze Zeit auf der Seele brannte.

»Matthias darf ich dich etwas ganz Persönliches fragen?«

»Nur zu.« Er schenkte ihr ein freundliches Lächeln.

»Wie soll das mit uns beiden weitergehen? Wenn ich dich vorhin richtig verstanden habe, möchtest du, dass es bei diesem einen Mal nicht bleibt.«

»War das nicht schon unser zweites Mal?« Ironisch zwinkerte er ihr zu.

»Ach, du weißt schon, was ich meine: so extrem wie gerade eben«, protestierte sie.

»Extrem nennst du das? Na ich weiß ja nicht, ich fand unser erstes Mal extrem.« Er grinste dreist und unverschämt.

»Matthias, bitte!« Sie richtete sich kurz auf, um ihm einen halb empörten, halb erheiterten Blick zuzuwerfen. Dabei präsentierte sie ihm ihre Brüste in ihrer ganzen Schönheit.

»Stefanie, das hast du richtig verstanden. Du gefällst mir, und zwar sehr sogar. Und aus diesem Grund möchte ich in Zukunft ganz viel Zeit mit dir verbringen. Da wir beide jedoch beruflich sehr stark engagiert sind, bestehen dabei gewisse natürliche Grenzen. Beispielsweise kann ich dich nicht mittwochabends total fertigmachen, wenn du am darauf folgenden Tag eine schwere Operation hast. Aber zwei oder drei recht entspannte Treffen in der Woche, wo wir vielleicht manchmal noch nicht einmal Sex miteinander haben, sondern nur irgendwo zusammen hingehen, fände ich schon sehr schön. An unseren freien Wochenenden möchte ich dann aber, dass du mir mit Haut und Haaren zur Verfügung stehst.«

»Was verstehst du darunter? So wie heute?«, fragte sie vorsichtig nach.

»Dies und noch viel mehr. Mich würde zum Beispiel interessieren, wie schmerzbelastbar du wirklich bist. Aber im Grunde ist es ganz einfach: Du lässt alles mit dir machen. Umgekehrt führst du prompt das aus, was ich dir sage.«

»Zum Beispiel in eine Bank einbrechen?« Ihre Augen blitzten frech.

Die ersten festen Klapse seit ihrem gemeinsamen Abendessen landeten auf ihrem Po. Auch zwickte und zwirbelte er ihre steil aufgerichteten Nippel.

»Wie ich sehe, bist du wieder fit und sehnst dich nach weiteren Herausforderungen, stimmt's?

Nein, Stefanie, dies wäre eine Sache des gegenseitigen Vertrauens, wenn du überhaupt weißt, was ich damit meine.«

Still lächelte sie in sich hinein. Ihr gefiel es, wenn seine Worte diesen sanften, und doch unnachgiebigen Druck auf ihr auszuüben versuchten.

Entspannt zurückgelehnt fuhr er in seinen Ausführungen fort. »Sehr reizvoll fände ich es übrigens, an dir ein paar Veränderungen vorzunehmen. Manchmal kann es nämlich recht vorteilhaft sein, mit einem Chirurg zusammen zu sein.«

Erschreckt fuhr sie zusammen. »Veränderungen? Was für Veränderungen?«

Kraftvoll an ihren Nippeln ziehend, brachte er sie in eine sitzende Haltung.

»Keine Frage, deine beiden süßen Zitzen sollten auf jeden Fall gepierct werden. Ob es ein Barbell oder ein Ring wird, weiß ich allerdings zurzeit noch nicht.« Langsam glitt seine Hand von den Brüsten zu ihrem Bauchnabel hinunter und umkreiste ihn liebevoll. »Hier könnte ein vertikales Barbell sehr reizvoll aussehen.« Zärtlich fuhr er weiter über den Venushügel und dann zu ihrem Scheideneingang. »Spreiz mal die Beine, damit ich es dir erklären kann. Ja, so ist es gut. Die meisten Eingriffe stelle ich mir hier vor. Schau mal, deine Klitorisvorhaut ist recht gut ausgebildet. Meines Erachtens könnte man dort gleich zwei Piercings setzen, nämlich ein vertikales Barbell und einen horizontalen Ring. Und auch deine inneren Schamlippen scheinen geradezu ideal zu sein. Siehst du das? Die könnte man problemlos mehrfach beringen. Über alle anderen Eingriffe habe mir noch nicht ausreichend Gedanken gemacht. Doch ein Barbell in deine Zunge, ein paar weitere Piercings in die Ohren und hier und da ein hübsches Tattoo sollten es am Ende schon noch sein.«

Sie sah ihn mit äußerster Skepsis an. »Aber sag mal, Matthias, traust du dir das denn überhaupt zu? Ich meine, du bist doch Gehirnchirurg und kein Piercer«, ließ sie ihn ihre Sorgen wissen. »Nicht, dass ich deine Kompetenzen in irgendeiner Weise infrage stellen möchte, aber das eine hat doch mit dem anderen so gut wie überhaupt nichts zu tun, oder?«

Zärtlich wuschelte er ihr die Haare. »Ich weiß schon, was ich tue«, beteuerte er. »Ich habe nämlich einen sehr guten Piercer an der Hand, der die Stiche setzen wird. Allerdings werde ich ihm die ganze Zeit assistieren, so wie du das im OP auch tust. Wenn du so willst, dann achte ich mit meiner ganzen Erfahrung darauf, dass dir bei den Eingriffen nichts geschieht. Okay?«

Sie war noch immer nicht überzeugt, und dementsprechend misstrauisch blickte sie ihn an. »Meinetwegen ja. Also wenn du das unbedingt möchtest, dann mache ich es natürlich, obwohl es mir schon eine ganze Menge ausmacht, wenn ein Fremder die ganze Zeit so dicht an meinem Intimbereich dran ist. Kannst du das nicht verstehen?«

»Nein, überhaupt nicht«, antwortete er bestimmt. »Denn erstens bist du Ärztin, müsstest dir also vorstellen können, dass der Piercer bei seinem Eingriff nur seine Arbeit macht und dir gegenüber keine sexuellen Gefühle hegt. Und zweitens: Wo siehst du den Unterschied zu einem Frauenarztbesuch?«

Entsetzt riss sie die Augen auf.

»Ach du Schreck, daran habe ich noch überhaupt nicht gedacht. Ich könnte nie wieder zum Gynäkologen gehen, weil mir das viel zu peinlich wäre. Was soll der denn von mir denken? Etwa dass ich die ganze Zeit nur Sex im Kopf habe und für jeden zu haben bin?«

»Genau das! So ist das halt bei rolligen Katzen: Die wollen immer und jeden! Aber keine Bange, selbst an diese absurde Sorge deinerseits habe ich gedacht. Deshalb wird es nach dem Piercing zusätzlich ein kleines Programm zur Absenkung deines Schamgefühls geben.« Während er seine Sätze in einem überlegenen Tonfall sprach, hatten sich seine Hände stützend unter ihre Brüste gelegt, und die Daumen umspielten ihre Knospen.

Sie wurde rot. »Was hast du mit mir vor?«

»Ganz einfach: Der Piercer hat sich bereit erklärt, alle Arbeiten an dir kostenfrei durchzuführen, das allerdings nur unter einer Bedingung.« Nichts in seinem Gesicht verriet, dass er wusste, was gerade in ihr vorging.

»Und die wäre?« Sie sah aus, als befürchtete sie das Schlimmste.

»Nun, er hat wohl manchmal ausgesprochen wohlhabende Kunden, die sich nicht so recht entscheiden können, jedenfalls nicht ohne die Piercings vorher in natura gesehen und den Trägerinnen ein paar Fragen gestellt zu haben. Angeblich verfügt er bereits über zwei Modelle, die allerdings etwas anders gepierct sind, als ich es bei dir vorhabe. Du könntest dich gelegentlich als drittes Modell dazu gesellen.«

»Und wie soll das vonstattengehen?«, fragte sie arglos. »Werde ich dabei von den *wohlhabenden Kunden* zum *Tragegefühl* meines *Klitorisvorhautpiercings* interviewt?« Ihre ironische

Überbetonung der Worte ›wohlhabenden Kunden‹, ›Tragegefühl‹ und ›Klitorisvorhautpiercing‹ war nicht zu überhören. Er ließ sich jedoch nicht aus der Ruhe bringen.

»Das auch. Aber erst nachdem er dich zusammen mit den beiden anderen Mädels vorgeführt hat. Bei solchen Live-Demonstrationen dürfen sich seine Interessenten alles ganz genau im Detail anschauen und die Piercings natürlich auch anfassen. Wenn du das ein paar Mal gemacht hast, wird man dich buchstäblich als schamlos bezeichnen können. Wovon ich gleichfalls zu profitieren hoffe. Und du kannst auf diese Weise endlich dein Gynäkologenproblem lösen. Gut, nicht?«

Sie hatte Mühe, sich zusammenzureißen, so demütigend empfand sie die Vorstellung, sich von gelangweilten Partyludern und -löwen an ihren intimsten Stellen anfassen zu lassen.

»Du willst mich wildfremden Leuten – mehrheitlich irgendwelche blasierten Reichen – wie eine Ware vorführen lassen?« Mit jedem Wort wurde sie immer lauter. Er behielt jedoch sein überlegenes Lächeln unvermindert bei.

»Erstens werde nicht ich dich anderen vorführen, sondern der Piercer. Und zweitens: Was ist denn schon dabei? Bis es so weit ist, hast du längst die Tatsache akzeptiert, ein Tier und damit eine begutachtbare Ware zu sein. Sei doch froh, dass sie dich überhaupt nach deinem Tragegefühl fragen. Sie könnten es stattdessen auch mit der eingehenden Begutachtung bewenden lassen, und dich wie ein Objekt, das man sich aus der Ausstellungsvitrine herholen lässt, behandeln. Reg dich also wieder ab. Du hast bislang alles mitgemacht, was ich von dir verlangt habe, und dazu kriege ich dich auch noch, wetten? Und bevor du jetzt mal wieder auf Renitenz machst: Ich kann noch ganz anders. Warum sollte die Vorführung nicht zusätzlich noch ein kostenfreies Probeficken enthalten, schließlich dürfte der Partylöwe schon im Vorfeld wissen wollen, wie sich sein Luderchen demnächst anfühlt, wenn es mal wieder ans Besteigen geht?«

Sie musste über die Vorstellung lachen. Allerdings schmunzelte sie innerlich auch ein wenig über sich selbst, weil er natürlich recht hatte: Wenn es irgendwann einmal so weit war, würde sie sowieso wieder alles genau so machen, wie er es von ihr verlangte, Probeficken inklusive, darüber war sie sich ganz sicher. Und außerdem, sagte sie sich, gab es keinen Grund, sich schon jetzt über etwas aufzuregen, was noch überhaupt nicht anstand.

»Sag mal Matthias, was ich dich fragen wollte, wieso warst und bist du dir eigentlich so sicher, dass ich das alles mitmache und auch weiterhin mitmachen werde? Komischerweise hast du bislang absolut recht behalten, denn immerhin bin ich noch nicht davongelaufen, sondern sitze weiterhin nackt bei dir daheim auf deiner Couch-Garnitur herum?« Sie sah ihn gespannt an.

»Es war die Art, wie du deine Augen niederschlägst«, entgegnete er spontan.

Ihr Körper spannte sich. »Wie bitte, was tue ich?«

»Nun, wenn man dich etwas intensiver anschaut, wirkst du plötzlich ganz verunsichert und beschämt und blickst zu Boden.« Sein Gesichtsausdruck war offen und ehrlich und scheinbar ohne jegliche Hintergedanken.

»Und das genügt bereits, um ernsthaft anzunehmen, du könntest bei einer Frau das durchziehen, was du heute mit mir gemacht hast? Und in Zukunft noch vorhast? Ist bei euch Männern jede Frau, die unvorsichtigerweise einmal einem Blick nicht standhält und die Augen niederschlägt, sofort gefährdet, zu Freiwild – das heißt, zu einem Tier – degradiert zu werden, das man zum Abschuss freigeben kann?« Erbost stemmte sie die Fäuste in die Hüften, wodurch sie ihm ihre Brüste besonders ungeschützt präsentierte.

»Nicht wenn sie irgendwie die Augen niederschlägt, sondern exakt so wie du! Du hast es übrigens schon gleich bei unserer ersten Begegnung im Fahrstuhl getan und damit aus mir einen Jäger gemacht. Seit dem verfolgt mich nur noch ein Gedanke: Die musst du dir unterwerfen! Das ist deine Frau!« Verklärt zwirbelte er ihre Nippel.

Seine Antwort erleichterte sie. Deutlich hörbar atmete sie aus.

»Dann war also meine zunehmende Verunsicherung bei der Arbeit nicht nur der Ausdruck meiner ach so verkorksten Persönlichkeit, sondern vor allem auch die Folge deiner Jagd, die du schon längst auf mich eröffnet hattest, und was ich wohl unbewusst gespürt haben muss, oder?«

»Kann schon sein«, stimmte er lachend zu, während er unbeirrt an ihren Knospen spielte.

»Oh Mann, die Welt ist vielleicht dermaßen was von schlecht! Meine Mutter hat mich diesbezüglich schon immer gewarnt, was aber anscheinend nicht viel genützt hat. Ein hilfloses Mädchen, wie ich es bin, ist in ihr schutzlos dem Bösen ausgeliefert.«

Er schüttelte den Kopf. »Ach was, deine Opferhaltung ist reine Strategie. Ich habe dich nur deshalb gefunden, weil du mich gesucht hast, und zwar als jemanden, der für dein Leben die Verantwortung übernimmt. Warum kommst du nicht einfach unter meinen Schutz und meine Herrschaft? Könnte dir das nicht auch gefallen, oder habe ich mich wirklich so sehr in dir getäuscht?«

Sie lächelte ihn an. »Nein, das hast du ganz bestimmt nicht. Ich bin selbst noch ganz hin und weg von dem, was vorhin zwischen uns gelaufen ist. Jedenfalls habe ich mich noch nie in meinem Leben jemandem so hingegeben, wie heute dir, was ganz nebenbei gesagt, ein wirklich tolles Gefühl war! Anfangs fand ich es ziemlich schlimm und habe mich die ganze Zeit geschämt, doch je länger es dauerte, desto geiler wurde es und ich gleich mit dazu. Zum Schluss war es wie ein einziger großer Rausch. Ich glaube, ohne die vorherige Klitorisbetäubung wäre ich heute bestimmt ein paar Mal zum Orgasmus gekommen.«

Verlegen schlug sie die Augen nieder.

»Hast du den sehr vermisst?«, fragte er einfühlsam.

»Ein bisschen schon, obwohl es so wichtig für mich nun auch wieder nicht war, zumal ich bislang fast immer nur dann zum Höhepunkt gekommen bin, wenn ich es mir selber mache, bei Männern praktisch nie.« Ihr war das Geständnis so peinlich, dass sie ihren Blick wie gebannt zu Boden gerichtet hielt. Zärtlich nahm er sie in seine Arme.

»Sag bloß. Aber das könnten wir ganz leicht ändern, was aber zur Folge hätte, dass du ab sofort auf jeglichen Sex mit anderen und dir selbst verzichten müsstest. Wärst du dazu bereit?«

Sie schluckte. Doch nach einer kleinen Weile nickte sie stumm als Zeichen ihrer Zustimmung. »Aber du setzt mir dann nicht jedes Mal die Spritze, sodass ich auch bei dir stets leer ausgehe? Ich glaube nämlich kaum, dass das meiner Arbeitskonzentration zuträglich wäre. Und dass ich mich dadurch von dir total abhängig mache, ist dir hoffentlich bewusst, oder?«

Lächelnd gab er ihr einen sanften Klaps auf den Po. »Natürlich ist mir das bewusst, Stefanie. Darum geht es doch gerade. Aber keine Sorge, ich werde schon ausreichend auf dich achtgeben. Auf der anderen Seite ist es mir aber auch sehr wichtig, dass ich deine Sexualität vollständig überlassen bekomme, und ich allein darüber bestimmen kann, wann du kommst. Ich hätte zum Beispiel große Lust, dich demnächst ausgiebig zu fisten, vielleicht sogar schon am kommenden Wochenende. Vorher müsste ich dann allerdings wieder deine Klitoris stilllegen, die du dafür ohnehin nicht brauchst, schließlich geht es lediglich darum, dich mir möglichst zu öffnen und mir zu vertrauen, und nicht, ständig zum Höhepunkt zu kommen.

Unabhängig davon möchte ich dich natürlich auch hin und wieder beim Orgasmus erleben. Und weil das nicht täglich der Fall sein wird, lege ich sehr viel Wert darauf, dass mir von diesen wunderbaren Ereignissen keines entgeht. Du hast deshalb jeden einzelnen Höhepunkt bei mir abzuliefern, einen wie den anderen.

Und wenn es nun mal gar nicht mehr anders geht, kannst du mich auch jederzeit um einen Orgasmus bitten. Du müsstest dich lediglich vollständig entkleiden und mir die Fotze entgegenstrecken, ganz so, wie es eine rollige Katze tut. Oder dich auf meinen Schoß setzen und mir Versprechungen machen. Je überzeugender du bist, je mehr du dich erniedrigst, je stärker du dich auf auf deine animalischen Triebe reduzierst und nur noch Tier sein möchtest, desto eher darfst du auf Gnade hoffen. Und glaub mir Stefanie: Es werden Tage kommen, an denen du dich mir vor die Füße wirfst, und vor Geilheit windend um Erlösung bettelst. Wie geht es übrigens meiner Klitoris?«

Ihr fiel sofort auf, dass er ›meiner‹ und nicht ›deiner‹ gesagt hatte, was sie sehr erregte.

»Och, die scheint wohl wieder ganz da zu sein. Jedenfalls spüre ich nirgendwo mehr ein taubes Gefühl.«

Zufrieden lächelte er sie an. »Prima. Dann setz dich mal mit dem Rücken zu mir unmittelbar vor mich hin und schlag deine Schenkel rechts und links über meine Beine, sodass sie schön gespreizt sind. Und dann zeig es mir! Während ich an deinen Glocken herumspiele, führst du mir vor, wie du es dir mit den Fingern machst.«

»Das kann ich nicht. Wenn du zusiehst, werde ich viel zu sehr abgelenkt sein und mich nicht ausreichend entspannen können«, gab sie aufgeregt zu bedenken.

»Yes, we can!«, insistierte er energisch. »Stefanie, was haben wir eben erst vereinbart? Du machst bedingungslos das, was ich dir sage. Im Übrigen habe ich heute Abend unendlich viel Zeit. Du wirst es dir jetzt direkt hier vor meinen Augen machen, und wenn du dafür drei oder mehr Stunden brauchst! Das ist eigentlich noch nicht einmal eine so schlechte Vorstellung, wenn ich es mir recht überlege: Je mehr du dich schämst, desto länger dauert es, sodass ich umso mehr davon habe. Der Herrgott meint es manchmal wirklich gut mit uns Männern. Und los geht's! Ich bin nämlich schon ganz gespannt. Bislang habe ich dich noch kein einziges Mal kommen gehört und gesehen.«

Langsam kreisend streichelte sie ihre Klitoris. Obwohl sie sich anfangs nur schwer an seine Gegenwart gewöhnen konnte, kam ihr auf der anderen Seite seine gleichzeitige Busenstimulation sehr entgegen, sodass ihr die Selbstbefriedigung irgendwann fast wie ganz normaler Sex vorkam. Sie entspannte sich zunehmend, und bald darauf kam sie laut stöhnend zu ihrem ersten erlösenden Orgasmus in seiner Anwesenheit.

Überglücklich, es doch noch geschafft zu haben, ließ sie sich erschöpft auf seine Brust fallen. »Puh, endlich! Nach der Pleite beim letzten Mal befürchtete ich das Schlimmste. Ich sah mich im Geiste schon die ganze Nacht an meiner Möse herummachen«, lachte sie.

Liebevoll küsste er sie auf die Schulter. Er selbst war hocherfreut darüber, dass sie die für sie offenkundig recht schwere Hürde gleich beim ersten Mal genommen hatte. Auch vermutete er, dass sich hierdurch ihr zukünftiges Verhältnis deutlich entspannen und vereinfachen würde.

Dennoch wollte er sie an diesem Abend noch ein wenig mehr herausfordern. »Wie kommst du eigentlich darauf, du seist bereits fertig und müsstest nicht die ganz Nacht an dir herummachen?«

Erschreckt fuhr sie hoch und sah ihn betroffen an. »Wie? War das etwa noch nicht genug? Noch einmal schaffe ich das garantiert nicht.«

Beherrschend legte er eine Hand auf ihre klatschnasse Spalte, mit der anderen umfasste er ihre Brust, als handele es sich um ein saftiges Stück Obst, das er zu verspeisen gedachte.

»Ach Stefanie, was heißt bei dir schon garantiert? Gab es deinerseits in der Klinik jemals eine garantierte Leistung, die von uns hätte abgerufen werden können? Nein, natürlich nicht. Warum sollte ich folglich in diesem Falle deine angeblichen Garantien ernst nehmen? Nein, nein, schlag dir diesen Blödsinn schnellstmöglich aus dem Kopf. Wenn du wirklich wolltest, könntest du das auch. Und wie ich dir vorhin schon sagte: Ich habe diese Nacht nichts weiter vor, weswegen du dir ganz viel Zeit lassen kannst. Aber lass mal, wir drehen die Sache um. Nachdem du mir vorhin so schön gezeigt hast, wie es geht, will ich jetzt selbst ans Steuer. Du musst nichts weiter tun, als dich zu entspannen. Für deine Orgasmen sorge ich.«

»Ach Matthias, musst du mir das wirklich antun?«

»Und ob! In der Klinik brauche ich eine Mitarbeiterin mit Kopf. Und die scheint es wohl nur dann zu geben, wenn sie zwischendurch häufiger den Kopf verliert.« Liebevoll küsste er sie auf den Mund. »Komm, zeig mir das Tier in dir!«

In den darauf folgenden Tagen erkannte man sie in der Klinik nicht wieder. Sie sprühte vor Energie, war ständig gut gelaunt und erledigte ihre Arbeiten mit einer geradezu provozierenden Leichtigkeit. Dabei schien sie regelrecht vor Selbstvertrauen zu strotzen, was nicht nur ihr selbst, sondern auch anderen Mitarbeitern angenehm auffiel. Beispielsweise widersprach sie einmal einer von Matthias unmittelbar nach einer Visite gestellten Diagnose und empfahl stattdessen, zusätzlich noch auf ein weiteres, von ihr vermutetes Krankenbild hin untersuchen zu lassen, was er – zum allseitigen Erstaunen – ohne weitere Diskussion sofort veranlasste. Und Christiane wollte während einer gemeinsamen Pause von ihr gar wissen, ob sie neuerdings einen ganz bestimmten Sport mache, da ihr Gang bewundernswert geschmeidig sei, fast wie der einer Katze. Lachend fügte sie hinzu: Wie sie manchmal durch die Gänge schwebe, das sei schon ein echter Hingucker, nicht nur für Männer.

Sie lächelte angenehm berührt zurück, worüber sie innerlich schmunzeln musste, denn immerhin hätte es bei Christianes Bemerkung gleich zwei Gründe gegeben, vor ihr rot zu werden.

In jeder freien Minute dachte sie an ihn und ihr gemeinsames Wochenende, an dem sie sehr viel Kraft getankt hatte. Als er ihr zwischendurch zuflüsterte, er wünschte sich, sie diesmal schon Freitagabend zu sehen, damit er das gesamte Wochenende Zeit habe, um in aller Ruhe mit seinem Kätzchen zu spielen, wäre sie ihm am liebsten vor Freude um den Hals gefallen. Sie konnte sich jedoch gerade noch einmal zurückhalten, was auch unbedingt erforderlich war, denn sie hatten vereinbart, ihr Verhältnis vor den Mitarbeitern der Klinik bis auf Weiteres geheim zu halten, wenngleich sie sich darüber im Klaren waren, dass dies wohl nicht allzu lange währen würde, da die Klinik so etwas wie ein kleines Dorf war, in dem es vor neugierigen Augen und Ohren nur so wimmelte.

Als sie sich schließlich am Freitagabend im Taxi auf dem Weg zu ihm befand, ließ sie das vorangegangene Wochenende noch einmal gedanklich Revue passieren. In einem Punkt war sie sich ganz sicher: Diesmal würde es für sie nur eins geben, nämlich alles ganz genau so zu machen, wie er es von ihr verlangte, und zwar ohne Fragen zu stellen oder Widerworte zu geben. Ohne ihren Kopf zu verwenden, würde sie unmittelbar mit ihrem Körper reagieren. Sie sah ein, dass sie eventuelle Unklarheiten oder Bedenken gut und gerne auch zu einem späteren Zeitpunkt ansprechen konnte, zum Beispiel dann, wenn sie nach den ihr zugefügten Peinigungen wieder wie ein kleiner schutzbedürftiger Knäuel auf seinem Bauch lag.

Gespannt fragte sie sich, was er wohl diesmal mit ihr vorhatte. Würde er sie fesseln, knebeln, peitschen, fisten, mit Klammern verzieren oder ihr peinliche Aufgaben stellen? Oder ihr wieder den Kitzler betäuben, damit es nicht zu lustvoll für sie würde? Müsste sie gar das ganze Wochenende über nackt und auf allen Vieren durch die Wohnung laufen? Auch malte sie sich aus, wo es ihr hinterher überall wehtäte. Sie liebte es, auf diese Weise noch tagelang an ihn und das Erlebte erinnert zu werden. Einmal mehr schwor sie sich, ihn absolut nicht zu enttäuschen und sich ihm ganz hinzugeben.

Sie hatte Lust auf ihn.

PEINLICHES GESTÄNDNIS

Sie hasste es, wenn er sie so anschaute, weil sie dann genau wusste, dass er sowieso keine Ruhe gab, egal wie lange sie sich mit ihrer Antwort Zeit lassen oder gar zieren würde.

Für einen Augenblick huschte ein zaghaftes Lächeln über ihre Lippen. Waren es nicht sonst immer die Männer, die sich in eine fast demonstrative Schweigsamkeit zurückzogen, wenn es um etwas wirklich Persönliches ging. Jedenfalls behaupteten das ihre Freundinnen. Sue beispielsweise bemerkte einmal über ihren Ehemann an:»Du kannst ihn alles fragen, solange das Problem mit einem Schraubenzieher oder Hammer lösbar ist.« Um dann kichernd hinzuzufügen:»Oder notfalls mit dem Hammer in seiner Hose.«

Nicht so bei Thomas und ihr. Da war sie die große Schweigerin, jedenfalls, wenn es in irgendeiner Weise brenzlig wurde. Und seine heutige Frage war brenzlig, sehr brenzlig sogar. Dabei wollte er lediglich wissen, ob sie beim Sex mit ihm oder auch sonst einmal bestimmte sexuelle Fantasien habe, die sie besonders stark erregten. Nicht irgendwelche Vorstellungen, sondern für sie ganz typische Abläufe oder Erscheinungen, die ständig wiederkehrten.

Zu ihrem Leidwesen hatte er damit punktgenau eines ihrer dunkelsten Geheimnisse berührt. Doch sie hatte keineswegs vor, es ihm aus freien Stücken preiszugeben.

»Und du?«

Sie entsann sich an eine Taktik, von der sie vor etlichen Jahren in einem Ratgeber für Kommunikationstechniken gelesen hatte:»Stellt dir jemand eine unangenehme Frage, antworte sogleich mit einer ähnlich schwierigen Gegenfrage.« Das Mittel schien ihr angemessen für die aktuelle Situation zu sein.

»Sorry Larissa, aber dein schäbiger Versuch, mir mal wieder den Schwarzen Peter zuzuschieben, war allzu durchsichtig.«

Er kannte also ihren Ratgeber.

»Wieso? Mich interessiert wirklich, was in deinem Kopf vorgeht, wenn du mit mir schläfst.«

Wetten, dass du dabei überhaupt nicht an mich denkst, sondern an Beyoncé Knowles oder irgendein anderes Sternchen, auf das du gerade stehst. Vielleicht hast du auch längst eine heimliche Geliebte und träumst die ganze Zeit beim Sex von ihr. Ich habe gelesen, die meisten Ehemänner in deinem Alter hätten mindestens eine Zweitfrau, mit der sie mehrmals in der Woche Liebe machen. Manche gehen mit ihnen stundenlang shoppen, kaufen ihnen schicke Klamotten, Brillanten und ...«

Eine energische Hand ergriff ihren Unterarm und brachte ihren atemlos sprudelnden Redefluss zum Erliegen.

»Genug Larissa, genug! Nun hattest du ausreichend Gelegenheit, deine Östrogene und deinen Uterus zu Wort kommen zu lassen, doch jetzt ist wieder dein Verstand gefragt. Was ist mit deinen sexuellen Fantasien?«

»Gar nichts. Was soll schon damit sein? So etwas kenne ich überhaupt nicht«, log sie.

Wie ein Schraubstock schloss sich seine Hand ein Stück fester um ihren Unterarm.

»Autsch, du tust mir weh!« Spätestens an dieser Stelle schien es ihr sinnvoll zu sein, auf die Verletzte zu machen und eine Opferhaltung einzunehmen. Doch seltsamerweise beeindruckte sie ihn damit heute nicht.

Unbeirrt blieb er an seinem Thema dran. »Auf andere Weise ist doch überhaupt nichts aus dir herauszubekommen. Du glänzt mal wieder mit einer einzigen Aneinanderreihung aus Lügen, Beschwichtigungen und kommunikativem Müll, wie dein gnadenloses Gelabere vorhin. Also, was ist?«

Sein Griff lockerte sich kein bisschen, ganz im Gegenteil.

Sie überlegte, ob sie mit ihrer Opferhaltung weitermachen und ein paar Tränchen verdrücken sollte, entschied sich dann aber für den alternativen Weg der kleinen Zugeständnisse, die Salami-Taktik.

»Du hast recht, da gibt es manchmal etwas, aber lass mich bitte erst einmal los.«

Er reagierte sofort. »Und? Ich höre!« Ungeduldig trommelte er mit den Fingern auf dem Tisch.

»Ich sehe dann dunkle Gestalten um mich herum.«

Unvermindert neugierig schaute er sie an. »Dunkle Gestalten? Geht es vielleicht auch etwas genauer? Was machen diese dunklen Gestalten? Und sind es überhaupt Männer, oder vielleicht doch eher Frauen?«

Sie wusste genau, worauf er hinaus wollte. Zu gerne hätte er es gesehen, wenn sie direkt vor seinen Augen mit einer Frau herumgemacht hätte, und zwar – wie sie vermutete – um anschließend sie beide haben zu können. Aber den Gefallen wollte sie ihm nicht tun. Zumal es in diesem Fall auch nicht stimmte.

»Es sind alles Männer, genauer gesagt, es sind stets mindestens drei, manchmal aber auch deutlich mehr«, präzisierte sie.

»Wie sehen diese Männer aus? Was tun sie und bist du dabei erregt? Herrje Larissa, lass dir doch bitte nicht jedes Detail aus der Nase ziehen.«

Sie überlegte, ob seine Ungeduld echt war, oder ob sich darin nur seine Enttäuschung darüber ausdrückte, dass sie beim Sex mit ihm nicht heimlich an Frauen dachte.

»Ich weiß nur, dass es Männer sind, ansonsten wirken sie auf mich eher grau und gesichtslos und ohne besondere Merkmale. Wenn sie sich meiner bemächtigen, sind sie ihrer Sache ungemein sicher, fast skrupellos würde ich sagen, und ich kann überhaupt nichts gegen sie tun. Die Vorstellung erregt mich.«

Nun war es raus. Erleichtert atmete sie mehrmals tief ein und aus, während er sie schweigend und nachdenklich anschaute. Nach einer kurzen Weile hakte er nach.

»Wenn ich dich trotz all deiner Abschweifungen richtig verstanden habe, dann stellst du dir beim Sex sehr häufig vor, von mehreren Männern vergewaltigt zu werden, was dich zugleich aber auch erregt. Kommst du dabei manchmal zum Höhepunkt?«

Eine vereinzelte Träne kullerte ihre Wange hinunter.

»Nanu? Larissa, ich habe dir gerade eine ganz einfache Frage gestellt. War diese so unangenehm?«

Rasch nickte sie mit dem Kopf. In diesem Augenblick wirkte sie wie ein verwundetes Tier.

»Was genau? Irgendwie scheint da noch viel mehr hinterzustecken, anders dürfte deine panikartige Reaktion auf meine einfache Frage kaum zu erklären sein.« Sein Blick war streng.

Sie hatte es geahnt: Er würde auch diesmal nicht eher Ruhe geben, bis sie ihm das allerletzte Detail ihrer geheimsten Gedanken und Gefühle offenbart hatte. In dieser Hinsicht war er gnadenlos. Sie liebte ihn sehr, doch dafür hasste sie ihn manchmal.

»Ich bin ohne die Vorstellung noch nie zum Orgasmus gekommen, auch bei dir nicht«, sprudelte es aus ihr heraus.

Sie sagte dies, nicht ohne eine gewisse Schadenfreude zu empfinden, denn ihrer Meinung nach war er ganz wesentlich selbst schuld daran, wenn ihn ihr Geständnis gekränkt haben sollte. Er hätte es ab einem bestimmten Zeitpunkt einfach gut sein lassen sollen.

Doch selbst jetzt schien ihr Mann noch nicht genug zu haben. Seine Augen durchbohrten sie, als ginge es darum, bis auf den Grund ihrer Seele vorzudringen.

»Und stellst du dir manchmal vor, so etwas ganz real zu erleben?«

Sie wunderte sich einmal mehr über seine Einfühlsamkeit, die trotz all seiner nervigen Penetranz in seinen Fragen zum Vorschein kam, denn er hatte richtig vermutet.

»Nicht nur manchmal, das ist ja das Schlimme daran. Selbst wenn mir mehrere Männer auf der Straße begegnen, kann es passieren.«

Nach diesen für sie höchst peinlichen Geständnissen veränderte sich ihr Sexualleben einschneidend, denn nun traute sie sich nicht mehr, bei ihm zum Höhepunkt zu kommen, da er dann zwangsläufig annehmen musste, sie stelle sich gerade wieder einmal vor, von einem ganzen Pulk Männer vergewaltigt zu werden, dass sie also gedanklich gar nicht bei ihm war, sondern ganz woanders. Und ihm dabei nur etwas vorzuspielen, das wollte sie auch nicht. Das hätte sie sogar als ausgesprochen beleidigend empfunden. Infolgedessen zog sie sich immer häufiger ins Bad zurück, um es sich selbst mit der Hand oder – falls er einmal nicht zu Hause war – mit dem Vibrator zu machen, was ihr im Grunde auch lieber war, da sie sich dann viel besser auf ihre Träume konzentrieren konnte, die sie mehr und mehr zu richtigen kleinen Episoden ausbaute.

Natürlich tat er ihr gleichzeitig leid, denn immerhin kam er jetzt nicht mehr in den Genuss, sie beim Orgasmus zu erleben. Auch glaubte sie, dass ihm das für Männer so ungemein wichtige Gefühl fehle, die Partnerin zum Höhepunkt gebracht zu haben. Auf der anderen Seite sagte sie sich, dass er eine erhebliche Mitschuld an der Entwicklung trage, denn schließlich hätte er sie damals nicht so penetrant fragen müssen.

Dass er beim Sex etwas vermisste, spürte sie daran, dass er zunehmend versuchte, sie durch allerlei Techniken und Stimulationen doch noch zum Höhepunkt zu bewegen, was allerdings stets erfolglos blieb, und zwar selbst dann, wenn er – wie es nicht nur einmal vorkam – ihre Klitoris so ausdauernd und intensiv stimulierte, dass jede weitere Berührung bei ihr mit Schmerzen verbunden war.

Trotz ihrer gegenseitigen Enttäuschungen gingen sie im Alltag sehr liebevoll miteinander um. Sie mochte ihren Mann über alles, und deshalb sollte ihrer Meinung nach die Tatsache, dass sie in seinen Armen nicht die ganz große sexuelle Erfüllung fand, für sich allein genommen ihrer Liebe noch keinen Abbruch tun. Auch machte sie sich immer wieder klar, dass ihre Probleme ganz maßgeblich von ihr selbst herrührten, denn schließlich war sie unter ihnen beiden diejenige mit der schweren Macke, nämlich nur dann einen Höhepunkt erreichen zu können, wenn sie in ihrer Vorstellung gegen ihren Willen genommen wurde.

Sie fragte sich manchmal, ob dies nicht vielleicht zum Teil auch daran liegen könnte, dass sie ihr Leben selbst als zu spannungsarm und vorhersehbar empfand, sodass sie zumindest in ihrer Fantasie noch einen Ausgleich benötigte, in dem alles ganz anders und vor allem für sie nicht mehr beherrschbar verlief. Innerlich musste sie ein wenig schmunzeln, als sie so über sich und ihr Leben nachdachte:»Manch andere macht Bungee-Jumping, springt mit dem Fallschirm ab, klettert senkrechte Wände hinauf oder stürzt sich mit dem Bike einen Berghang hinunter, ich dagegen lasse mich in meiner Fantasie von einer Horde Männer vergewaltigen. Ich war schon immer ein wenig bequemer und unsportlicher als andere.«

An den Wochentagen arbeitete sie als Sachbearbeiterin in einer großen Versicherung, abends gingen sie meist zusammen etwas essen, samstags einkaufen, und an den Sonn- und Feiertagen war auf seine Initiative hin – ihr selbst wäre auch das schon zu viel des Aufwands gewesen – bei hinreichend schönem Wetter ein kleiner Ausflug angesagt, wohin, das wusste sie vorher nie so genau, und wenn sie ganz ehrlich war, dann interessierte sie daran primär auch nur, ob auf dem von ihm geplanten Weg eine mit nicht allzu großer Anstrengung erreichbare Gaststätte lag, die an dem Tag geöffnet hatte.

Es war ein recht warmer Sommertag, als sie ihren Wagen auf einem einsamen Parkplatz abstellten, von dem ein schmaler, sehr malerischer Wanderweg durch mehrere Wälder und Wiesen zu einem Forsthaus führte, in dem man zu dieser Jahreszeit Kaffee und Kuchen bekam.

Sie hatten gerade eine kleine Lichtung mitten in einem zu durchquerenden Wäldchen erreicht, als er sie darum bat, ein wenig vorauszugehen, da sich seine Blase unvermittelt gemeldet habe, was sie ein wenig verwunderte, denn dass er bei einer Wanderung bereits zu einem solch frühen Zeitpunkt austreten wollte, kannte sie bei ihm normalerweise nicht.

Sie war kaum um die nächste Wegkurve gebogen, als sie hinter sich mehrere Stimmen und auch näher kommende Schritte wahrnahm: Sechs etwa dreißig bis vierzig Jahre alte Jogger kamen die gleiche Strecke entlanggelaufen, die sie für ihren Ausflug gewählt hatten. Unwillkürlich trat sie einen Schritt zur Seite, um die deutlich schnelleren und in leichten Trainingsanzügen bekleideten Männer an sich vorbeizulassen. Doch genau daran waren sie nicht interessiert.

Schon der erste Mann packte sie am Arm, der zweite tat es ihm gleich und die nächsten beiden hielten sie an den Beinen fest. Ein fünfter, besonders kräftig gebauter Mann, der der Chef der Gruppe zu sein schien, kam direkt auf sie zu und küsste sie brutal auf den Mund, wobei er seine Zunge tief in ihren Rachen schob. Ein kräftiger Griff an ihre Bluse, und deren Knöpfe flogen wie wild durch die Gegend. Gewaltsam riss man ihr das zerfetzte Kleidungsstück vom Leib.

»Thomas, Thomas, Hilfe!« Sie schrie so laut sie konnte, doch die Männer schien das nicht im Geringsten zu beeindrucken, denn anstatt aus Angst vor Entdeckung und baldiger Verfolgung das Weite zu suchen, versetzte ihr der Anführer zwei oder drei feste Ohrfeigen, die so schmerzhaft waren, dass sie weinen musste.

»Schweig, Schlampe, und lass uns in Ruhe unsere Arbeit machen!«

In der Zwischenzeit hatte man den Verschluss ihres Büstenhalters geöffnet. Unter dem erwartungsfrohen Grölen der Männer zog man ihn ihr von den Schultern.

»Klasse Möpse und echt süße Nippel. Was meint ihr, wie die gleich abgeht, wenn wir richtig losgelegt haben!« Er posaunte seine Sätze in einem verächtlichen Tonfall und übertrieben laut hinaus.

Es schmerzte sie sehr, als der Mann kraftvoll und äußerst rücksichtslos in ihre Knospen biss. Verzweifelt schrie sie auf, bat Thomas erneut um Hilfe, doch einmal mehr handelte sie sich lediglich Ohrfeigen ein.

»Was habe ich dir Fickstück vorhin gesagt? Außer lustvollem Stöhnen möchte ich keinen einzigen Ton mehr aus deinem Mund hören! Lass uns endlich in Ruhe unsere Arbeit verrichten. Noch eine solche Störung, und ich ziehe ganz andere Saiten auf. Hast du kapiert?« Sein Blick war drohend und durchdringend.

Stumm und verzweifelt nickte sie.

»Prima. Dann lasst uns weitermachen.«

Wenige Handgriffe genügten, um den ledernen Gürtel ihres Rocks zu lösen. Sie vernahm ein reißendes Geräusch, als er ihren

Rock vom Bund her einer Papierserviette gleich in mehrere Stücke zerfetzte, die ihr daraufhin kraftlos von den Hüften glitten. Ihrem Slip ereilte umgehend das gleiche Schicksal. Das Lachen und Grölen der Männer über die sich ihnen nun frei präsentierende Vulva schmerzte ihre Ohren.

»Geil, die Fotze ist ja rasiert«, war eine der ersten Reaktionen.

Einige Gruppenmitglieder hoben sie zur näheren Begutachtung an den Beinen und im Rücken an. Schon bald steckten mehrere, sie kraftvoll penetrierende Finger in ihrer Scheide, während sie erneut brutal in ihre Nippel gebissen und auf den Mund geküsst wurde. Sie wunderte sich zunächst, wie leicht sich die recht stark gebauten Finger in ihrer Vagina vor- und zurückbewegen ließen, was auch dem Wortführer der Männer nicht entging. Nach einer respektlosen Bemerkung über ihre bequeme Begehbarkeit holte er kurz entschlossen sein bereits steil aufgerichtetes Glied hervor und stieß es immer und immer wieder in sie hinein. Erneut überraschte es sie, wie leicht er sich damit tat. Doch ihre Irritationen sollten sich bald legen, denn urplötzlich verspürte sie einen leicht pulsierenden, süßlichen Schmerz in ihrem Unterleib, der sich mehr und mehr verstärkte und zu ausgewachsenen Kontraktionen ausbildete. Gleich darauf kam sie das erste Mal. Wohlwollend tätschelte der Anführer ihre Brüste und streichelte ihr durchs Haar.

»Na du bist ja vielleicht eine Hure. Da steckt man nur ganz kurz sein Ding in dich rein, und schon gehst du ab wie Schmidts Katze. Hast wohl lange keinen vernünftigen Schwanz mehr abgekriegt, oder? Aber keine Sorge, das kriegen wir hin. Gleich hast du sechs ordentliche Schwänze von richtigen Kerlen in allen deinen Löchern stecken. Kommt, lasst sie uns auf die Wiese tragen. In dem hohen Gras wird man uns nicht sehen können.«

Und so geschah es dann auch. Sie schleppten sie zu einer kleinen Grünfläche, die ganz von Sträuchern und ausgewachsenen Gräsern umgeben war. Dort drückte man sie zu Boden und legte sie sich für das, was noch kommen sollte, zurecht. Nachdem sich die Männer ihrer Kleidung entledigt hatten, drang einer in sie ein, während andere ihre Beine und Arme spreizten und festhielten und mit ihren Brüsten, ihren Achseln und ihrem Bauchnabel spielten. Ein weiterer packte sie an ihren Haaren, führte sein steifes Glied in ihren Mund und trieb es dort genauso energisch und hart mit ihr, wie man es zugleich in ihrer Vagina vollführte. Hände, die ihr fremd waren, griffen derweil in einer Weise nach ihren Brüsten, als handelte es sich um ein Sonderangebot in der Obstabteilung des Supermarktes. Mehr und mehr erregte sie das Treiben der Männer.

Das war anfänglich noch ganz anderes gewesen. Bei den allerersten Griffen der Männer nach ihren Armen verspürte sie nichts weiter als Angst, die sich noch steigerte, als Thomas nicht auf ihre Hilferufe reagierte. Sie fragte sich, wo er bloß stecken könnte. Hatte man ihn bereits überwältigt oder gar ermordet, um sich ihrer leichter habhaft zu werden? In dem Augenblick hätte ihr seine simple Anwesenheit bereits weitergeholfen, selbst wenn er ihrer Vergewaltigung lediglich gefesselt und an einen Baum fixiert zugesehen hätte, und er somit gar nicht hätte helfen können. Aber sie wäre sich den Männern gegenüber nicht mehr ganz so allein und ausgeliefert vorgekommen.

Als man ihre Bluse zerriss und ihr den Büstenhalter nahm, erreichte ihre Panik einen ersten Höhepunkt, schließlich war sie sich zu dem Zeitpunkt noch überhaupt nicht sicher, was die Männer mit ihr vorhatten. Sie trugen keine Masken, sodass sie einige Gruppenmitglieder problemlos hätte wiedererkennen und identifizieren können. Sie überlegte, ob sie sie vielleicht im Anschluss an die Vergewaltigung umbringen wollten, um ihre letzte Zeugin zu beseitigen, ganz so, wie sie das vorher schon mit ihrem Mann getan hatten, nach dem sie so lange vergeblich gerufen und Ausschau gehalten hatte, bis sie durch mehrere heftige Ohrfeigen an einer weiteren Suche gehindert wurde.

Sie wagte es deshalb nicht, die Männer direkt anzuschauen. Sie befand sich in der Hinsicht in einem ganz ähnlichen Zustand, wie in ihren Vergewaltigungsträumen. Ihre Peiniger waren allesamt grau und unbestimmt, jedenfalls keine Menschen aus Fleisch und Blut, die sie anschließend hätte hassen können.

Als man ihr den Büstenhalter vom Leib riss, beschleunigte sich ihr Atem aufgrund der gleichzeitig einsetzenden panikartigen Gefühle so sehr, dass ihre vollen Brüste wie Bälle zu hüpfen begannen, was bei den Umstehenden für Erheiterung sorgte. Erst die festen Kniffe und Bisse des Anführers in ihre Knospen beruhigten ihren Atem wieder, da die unvermittelten heftigen Schmerzen ihre panischen Gefühle ein Stück weit in den Hintergrund drängten.

Kaum hatte jedoch der Boss der Gruppe von ihren Brüsten abgelassen, kehrte ihre Angst umso heftiger zurück. Sie schloss nicht aus, dass die Männer sie zunächst foltern, verletzen und entstellen wollten, bevor sie ihr das Leben nahmen. So etwas hatte sie des Öfteren im Fernsehen gesehen. Sie konnte sich vorstellen, dass die Bisse in ihre Brustwarzen nur ein Vorgeschmack auf das waren, was noch kommen sollte. In ihrer Fantasie sah sie die Männer bereits ihre Messer zücken, um dann bei ihr zur Sache zu gehen, wie sie das bereits vorher bei Thomas getan hatten.

Ihre Brüste bewegten sich im Rhythmus ihres Atems so schnell auf und ab, dass es nur noch eine Frage der Zeit sein konnte, bis sie überatmen und infolgedessen an den Armen und Beinen verkrampfen würde.

Als wäre ihnen Larissas Not bewusst geworden, bekamen die Hände der Männer und ganz besonders die des Anführers unvermittelt etwas Zärtliches. Statt weiterhin nach ihr zu greifen und sie zu quälen, streichelten sie sie überall dort, wo sich eine Frau normalerweise auf keinen Fall von fremden Männern anfassen lassen möchte. Und genau in diesem Moment sagte der Wortführer die für sie so ungemein wichtigen und beruhigenden Sätze, die ihre innere Grundhaltung von einer Sekunde zur anderen ins völlige Gegenteil verkehrten.

»Mädchen, beruhige dich endlich! Keine Angst, wir tun dir schon nichts, wir wollen lediglich ein bisschen Spaß mit dir haben. Lass dich einfach fallen und uns unsere Arbeit machen, dann passiert dir nichts, und du kannst später, nachdem du von uns allen schön durchgefickt und besamt worden bist, wieder ganz brav zu deinem Mann aufs Sofa klettern. Lass es einfach geschehen. Wir sind in der Sache sehr erfahren, weil wir das schon des Öfteren und mit vielen Mädchen und Frauen getan haben.«

Ihre ganze Aufmerksamkeit galt dem Satz, in welchem von Sofa und klettern die Rede war, denn er enthielt eine für sie ausschlaggebende Information: Ihr Mann lebte offenbar und war gesund, und sie würde es später auch noch sein. Allerdings besaß er gleichzeitig eine gefährliche Wenn-Dann-Bedingung: Ihr würde nämlich nur dann nichts passieren, wenn sie ihren Peinigern zu Willen war. Sie entschied sich, die Warnung ernst zu nehmen, und die Männer das tun zu lassen, was sie mit ihr vorhatten.

Langsam begann sie die Situation mit ganz anderen Augen zu sehen, was sich unter anderem in einer deutlich verschärften Wahrnehmung für alle Aspekte des Geschehens ausdrückte. Sie bemerkte auf einmal, dass sie aufgrund der ganzen Aufregung ziemlich verschwitzt war, denn unter ihren Achseln hatten sich etliche Schweißtropfen gebildet, die an ihren Flanken entlang liefen. Ihre erste Sorge galt ihrem Deo, da sie nicht wusste, ob es solchen Anforderungen gewachsen war. Als man bald darauf ihren Slip zerfetzte, stellte sie mit Genugtuung fest, auch an diesem Morgen – wie es für sie nicht anders vorstellbar war – frische Wäsche angezogen zu haben.

Und als sich der Anführer unter dem Grölen der Umstehenden lobend über ihre vollständige Intimrasur äußerte, fühlte sie sich sogar geschmeichelt. Sie erinnerte sich daran, sich erst vor zwei Tagen die Beine rasiert zu haben. Man könnte sagen, dass sich ihre grundsätzliche Haltung von Panik, Entsetzen und Abwehr in einen möglichst guten Eindruck zu hinterlassen änderte. Denn wenn sie es schon nicht verhindern konnte, dass die Männer sie überall anfassten und nahmen, dann sollten sie sie – so war es jedenfalls ihr Wunsch – in einer möglichst angenehmen Erinnerung zurückbehalten, auf keinen Fall aber als hässlich oder gar schmutzig, um vielleicht später ihre Witze über sie machen zu können. Und ob sie sich nun wehrte oder alles willig mit sich geschehen ließ, war für sie letztlich eher von untergeordneter Bedeutung, solange sie dabei noch immer schön und begehrlich aussah. Das stand für sie ab diesem Zeitpunkt im Vordergrund. Und deshalb hoffte sie insgeheim auch, dass die Männer bei ihrem Treiben ihre Haare nicht zu sehr in Unordnung bringen würden.

Auch machte sie sich nun Sorgen, ob von dem, was man ihr gerade antat, noch tagelang Spuren zurückbleiben würden. Sie genoss es für gewöhnlich sehr, an warmen Sommertagen in relativ knapper Kleidung einkaufen zu gehen und zu dinieren. Sie zeigte gerne ihre Beine und ihren Busen, auf den sie sehr stolz war. Wenn sie jedoch von dem, was die Männer ihr antaten, blaue Flecke oder andere Blessuren zurückbehielt, dann müsste sie darauf in den nächsten Tagen verzichten, obwohl auch die – laut Wetterbericht – wieder sehr schön und warm werden sollten. Sie überlegte, ob sie in diesem Fall mehrmals hintereinander auf die Sonnenliege gehen sollte, um die eventuellen dunkleren blauen Flecken durch eine gleichmäßige Bräune zu übertünchen. Auf der anderen Seite sagte sie sich aber auch, dass die Männer die von ihr selbst so geschätzten Brüste nicht allzu sehr in Mitleidenschaft ziehen würden, da sie ihnen vermutlich ebenfalls gefielen. Und vor Schönem hatten Männer ihrer Erfahrung nach einen ganz besonderen Respekt. Obwohl sie sich selbst nicht sicher war. Sie meinte, es einmal in der BUNTEN gelesen zu haben.

Bald wurde sie von zwei Männern mit gespreizten Beinen angehoben, während ein dritter sie von hinten unter den Achseln fasste und sie im Rücken und am Kopf mit seinem Körper stützte. Die ganze Aktion diente der Vorbereitung des bevorstehenden Stehend-Verkehrs des Bosses. Jener inspizierte jedoch zunächst in aller Ruhe ihre inneren und äußeren Schamlippen, machte ein paar belustigende, abschätzende oder gar schmutzige Bemerkungen über sie, indem er beispielsweise ihre Labien als viel zu klein geraten bezeichnete, die einmal grundlegend lang gezogen und im Anschluss daran mehrfach beringt gehörten. Die beiden noch unbeschäftigten Männer duckten sich unter Larissas scheinbar frei schwebendem Körper, sodass sie sein Spiel mit ihrer Vulva aus nächster Nähe beobachten konnten. Auch sie äußerten sich eingehend und laut über die anatomischen Besonderheiten ihrer Scheide, und zwar speziell dann, als der Anführer gleich mit mehreren Fingern in sie eintauchte und ihre Öffnung so sehr weitete, dass ihnen tiefere Einblicke in deren Innenleben gewährt wurden. Einerseits war ihr dies alles äußerst unangenehm, und sie schämte sich dafür, sich auf diese Weise vor den ihr unbekannten Männern zu präsentieren, doch auf der anderen Seite erregte sie die Situation auch ausgesprochen stark. Sie hatte nämlich etwas von den heimlichen Doktorspielen an sich, die sie in ihrer Kindheit so sehr genossen hatte, sodass sich prompt das damalige faszinierende Kribbeln in ihrem Körper wieder einstellte, wenn andere ihre Geschlechtsteile betrachteten und sich darüber unterhielten.

Allerdings plagte sie noch eine weitere große Sorge. Sie hatte es ihrem Mann bislang noch nie gestattet, sie in ihrer engsten Stelle zu nehmen. Für sie war dies weniger eine Frage der Lust oder gar Moral. Ihretwegen hätte dort ruhig ihr eigentliches Lustzentrum sitzen können. Entscheidend für sie war hingegen, dass sie sich dort als eher schmutzig empfand und daneben auch befürchtete, sie könnte bei einer solchen Praktik schließlich die Kontrolle über sich und ihre Sexualität verlieren. Sie bildete sich ein, wer sie dort nahm, würde sie anschließend beherrschen und besitzen, während das – so jedenfalls ihre Vorstellung – bei einer Penetration ihrer Vagina noch nicht der Fall war. Sie erinnerte sich, etwas Entsprechendes in einem Buch oder der BUNTEN gelesen zu haben.

Doch der Anführer nahm ihr auch diese Sorge schon recht bald. Denn als er einmal mehr dabei war, mit seiner Zunge ihren Mund zu erforschen, tasteten sich seine Hände langsam an ihrer Wirbelsäule entlang, um von dort weiter über ihre Pobacken zu gleiten und unmittelbar vor ihrer hinteren Pforte zur Ruhe zu kommen. Er registrierte ihr leichtes Verkrampfen und kaum wahrnehmbares Zurückweichen.

»Das wird dir heute absolut nichts nützen, denn deinen Arsch wollen wir natürlich auch. Wir sind an allen deinen Öffnungen interessiert, und werden uns erst dann zufriedengeben, wenn du uns deine körperlichen Kostbarkeiten vollständig und lange genug zur Verfügung gestellt hast, sodass wir alles einmal gründlich ausprobieren konnten.«

Für sie stand damit fest, dass es heute passieren würde. In dem Moment bedauerte sie sehr, ihrem Mann gegenüber bislang so kleinlich gewesen zu sein, und ihm nicht das Privileg des ersten Zutritts zu ihrer geheimen Pforte zugestanden zu haben. Stattdessen würde es nun ein Fremder sein, dem sie heute das erste Mal in ihrem Leben begegnet war. Lediglich der Umstand, dass ihr Peiniger die Wendung ›zum Schluss‹ benutzt hatte, beruhigte sie ein wenig, weil es vermutlich bedeutete, dass ihr die Schmach noch nicht unmittelbar bevorstand. Inständig hoffte sie auf einen unerwarteten Wanderer, der ein solches Ausmaß an Störungen verursachte, dass der Kelch vielleicht doch noch an ihr vorüberginge. Innerlich schwor sie auf der Stelle, in einem solchen Fall ihrem Mann ihren Hintereingang noch in der gleichen Nacht anzubieten.

Als einer der Vergewaltiger ihr das erste Mal einen Penis in den Mund schob, formte sie ihre Lippen so, wie es ihrer Meinung nach besonders gut aussah. Jedenfalls hatte sie im Internet entsprechende Fotos entdeckt, die sie so etwas vermuten ließen. Dazu hob sie ihren Kopf leicht an, damit sich ein optimaler Winkel zwischen Mund und Glied einstellen konnte. Auch hoffte sie, der Schaft eines Mannes könne auf diese Weise niemals allzu tief in ihre Kehle vordringen. Sie befürchtete nämlich, andernfalls daran ersticken zu können.

In ihrer Verzweiflung war sie die ganze Zeit damit beschäftigt, sich selbst zu kontrollieren und zu steuern. Wenn es schon nicht die Geschehnisse waren, dann sollte wenigstens sie selbst mit allen ihren Reaktionen für sie beherrschbar bleiben. Obwohl sie von den Männern vergewaltigt wurde, und sie ganz objektiv betrachtet ihnen vollständig zu Willen war, verlief in ihrem Inneren vieles im Gegensatz dazu so ab, wie sie es sich vorstellte und auch wollte. Dies änderte sich schlagartig, als ihr der eigene Kopf zu schwer wurde, um ihn den sie bedrängenden Gliedern fortwährend entgegenhalten zu können. Resigniert und erschöpft ließ sie ihn sinken und gab damit am Ende doch noch die Kontrolle über sich und ihren Kopf ab, denn es waren nun nicht mehr ihre eigenen Nacken- und Brustmuskeln, die ihren Kopf in Position hielten, sondern die Hände der Männer, die sich gerade in ihrem Mund vergingen. Und denen musste sie sich jetzt ganz überlassen, ansonsten wäre ihr Kopf kraft- und hilflos in den Nacken gekippt.

Von diesem Augenblick an stellte sich für sie ein ihr völlig unbekanntes Gefühl der Hingabe ein. Sie lag dort nackt und schutzlos vor den Männern, wurde von ihnen nach Belieben angefasst, genommen und besudelt, was sie jedoch, ganz gleich wo sich ihre Hände und Glieder gerade zu schaffen machten, willenlos hinzunehmen hatte. Und wenn sich wieder einmal eine ihr fremde Hand auf ihren Körper legte oder dabei so fest zupackte, dass sie Schmerzen empfand, dann war dies für sie nicht länger Anlass genug, sich zu verspannen und zurückzuweichen, sondern ihrem unbekannten Bedränger viel eher noch ein Stück entgegenzukommen. Schon bald befand sie sich in einem geradezu rauschartigen Zustand und dermaßen in Trance, dass sie sich tatsächlich wie ein beliebig benutzbares Fickstück der Männer vorkam.

Als sie das erste Mal den warmen Samen eines Vergewaltigers in ihrer Scheide spürte, entspannte sie sich so stark, dass sie wenige Augenblicke später mit einer Intensität kam, wie sie es nie zuvor erlebt hatte. Das Beben ihres Höhepunktes war noch nicht ganz abgeklungen, da füllte sich bereits ihr Mund mit dem Saft eines weiteren Peinigers. Gierig schluckte sie ihn hinunter, während sich in der Zwischenzeit jemand anderes an ihren Brüsten oder in ihrer Vagina zu schaffen machte, um diese nun seinerseits mit dem eigenen Samen zu markieren, was von ihr prompt mit einem neuerlichen fulminanten Höhepunkt quittiert wurde. So ging es hin und her, ein Penis folgte dem nächsten, eine Ejakulation der anderen und stets erreichte sie kurz darauf ihren Höhepunkt. Irgendwann war sie so weit, dass ein Mann nur noch sein Glied in sie hineinstecken musste, und schon explodierte sie unter ihm. Sie hatte das Gefühl, ein Stück Wild zu sein, das die Männer erlegt hatten und sich zur Befriedigung ihrer körperlichen Bedürfnisse gemeinschaftlich einverleibten.

Nicht unerheblich trugen dazu auch die Worte der Männer bei, die sie unablässig von sich gaben, als sie sich ihrer bedienten.

»Los beweg dich mit deiner Fotze noch ein Stück auf mich zu. Und vergiss nicht, hier geht es einzig und allein um unser Vergnügen und nicht um deins!«

Oder nach einigen Ohrfeigen, die der Anführer der Männer ihr scheinbar grundlos gab: »Mund auf, Fickstück! Wie soll er dir denn in die Kehle spritzen können, wenn du deine Zähne nicht auseinander kriegst? Und streck deine Hupen weiter raus.«

Mit einem festen Griff an ihre Nippel gab er seiner Anweisung weiteren Nachdruck. Sie versuchte, ihm zu genügen.

»So ist es besser. Umso leichter kann man sie zwirbeln und sie dir lang ziehen. Merkst du den Unterschied?«

Und ob sie den verspürte, doch sie wagte es nicht mehr, ihren Schmerzen Ausdruck zu verleihen und laut loszuschreien oder zu heulen. Stattdessen fügte sie sich schweigend und widerstandslos ihrem Schicksal.

Einer der Männer war deutlich stärker gebaut als seine Mitstreiter und alle ihre Liebhaber zuvor, sodass er zunächst nur mit den größten Mühen in ihr vorankam, obwohl er den anderen Gruppenmitgliedern den Vortritt gelassen hatte, damit sie sie für ihn zugänglicher machen konnten. Unbarmherzig ermahnte sie der Wortführer:

»Mensch Mädchen, streng dich mal ein bisschen an und mach deine Fotze auf! Bei uns herrscht Demokratie, und da kommt jeder zum Zug und nicht nur die, bei denen es dir passt.«

Trotz Drohung und gutem Zureden wurde es nicht wirklich besser, was den groß bestückten Mann jedoch nicht zu beunruhigen schien.

»Macht nichts, Fickstück, so etwas sind wir als gestandene Handwerker gewohnt. Was nicht passt, wird passend gemacht.«

Unter dem lauten Grölen und Juchzen der anderen schob er seinen riesengroßen Riemen so nachdrücklich und anhaltend in sie hinein, dass ihre Klitoris fast auf seiner Peniswurzel zu liegen kam. Seine sich daran anschließenden harten Bewegungen brachten sie beinahe um den Verstand. Als er schließlich laut stöhnend seinen Samen in ihr entlud, war es um sie geschehen, und sie verlor für einige kurze Momente ihr Bewusstsein. Als sie wenig später zu sich kam, fiel ihr als Erstes das triumphierende Gelächter der Männer auf. Der Wortführer ließ es sich nicht nehmen, das Ereignis für die gesamte Gruppe gebührend zu kommentieren.

»Treffer und versenkt! Karl hat es mal wieder geschafft und die Sau zum Abspritzen gebracht.«

Und dann an sie gewandt: »Spürst du, wie nass es jetzt zwischen deinen Beinen und oberhalb deiner Fotze ist? Und schau mal, was du mit Karl angestellt hast: Das warst alles du. Hast losgespritzt wie der schönste Springbrunnen, und gestöhnt dabei, dass man es mit der Angst zu tun bekommen konnte. Die Scharapowa ist jedenfalls nichts gegen dich.«

Als sie alle wenigstens einmal in ihrem Mund und ihrer Scheide gekommen waren, richteten sie sie auf, und lehnten sie gegen die Brust eines der Peiniger. Dann spreizten und winkelten sie ihre Beine so an, dass ihre Vagina völlig frei zugänglich war. Nachdem man ihren ledernen Gürtel aufgetrieben hatte, verabreichte der Anführer ihr mehrere kräftige Peitschenhiebe auf Klitoris und Scheideneingang.

»Das war ein bisschen zu viel der Lust vorhin. Höchste Zeit, unsere kleine Nutte wieder etwas herunterzufahren.«

Dann zwang man man sie auf Knie und Ellenbogen, sodass sie ihren Po ganz besonders stark exponieren musste. In die bereitgestellte enge Öffnung drang nun der Anführer der Gruppe ein, nachdem er zunächst ihre Rosette ausreichend mit Spucke angefeuchtet hatte. Es war für sie ein ausgesprochen zwiespältiges Erlebnis, als der starke Pfahl des Mannes ihren Schließmuskel überwand, denn es machte ihr dabei nicht nur der umvermittelt einsetzende körperliche Schmerz zu schaffen, sondern auch die Trauer darüber, dass ein ihr völlig fremder Mann sie dort erstmalig nahm. Dem wiederum schien die Enge, die ihm hier geboten wurde, das allergrößte Vergnügen zu bereiten, was er ihr – so waren seine Worte –, schon bald mit einer besonders umfangreichen Ladung in ihren Allerwertesten danken wollte. Voller Begeisterung rief er aus, sie sei so eng wie eine, deren hintere Pforte noch gänzlich unberührt sei, um dann den anderen gegenüber anzumerken, sie erinnere ihn ein wenig an Christine, deren Arsch wir damals entjungferten, nur dass diese Kleine hier noch viel williger und auch besser sei, was er mit einigen Klapsen auf ihre Pobacken bekräftigte. Unwillkürlich senkte sie bei seinen Worten schamvoll den Kopf, obwohl gerade ein anderes Gruppenmitglied dabei war, ihr sein Glied in den Mund zu schieben und sich darin zu vergnügen. Doch der Chef der Gruppe hatte ihre verhaltene Reaktion mit einer erstaunlichen Sensibilität für solchermaßen in Bedrängnis geratene Frauen registriert. Abrupt hielt er in seinen Bewegungen inne und stellte ihr die für sie äußerst peinliche Frage:»Du warst doch nicht etwa dahinten noch Jungfrau, oder?«

Die Männer schauten sie wie gebannt an. Aus irgendeinem Grund konnte sie jedoch nicht anders, als ihnen nickend zuzustimmen. Dabei weinte sie leicht, denn schließlich war sie noch immer sehr betroffen und traurig darüber, dass sie gerade diese für sie so bedeutsame Öffnung willkürlich entweiht hatten. Die Reaktion der Männer war allerdings ganz anders, als sie es sich erhofft hatte, denn sie brachen spontan in Jubel aus, so als gäbe es etwas zu feiern. Derweil zeigte sich ihr Anführer in Siegerpose und rief weithin hörbar aus:»Yippie, ich habe den Arsch der Kleinen entjungfert!« Wenig später traktierte er ihren Po mit Schlägen und nahm die Penetration ihrer hinteren Pforte so energisch auf, dass sie ihr leichtsinniges Geständnis restlos bedauerte.

»Geduld Männer, Geduld, ihr kommt noch alle rechtzeitig auf eure Kosten. Glaubt mir, so einen Arsch hatten wir schon lange nicht mehr, ich verspreche euch nicht zu viel«, beschwichtigte und animierte der Boss seine Mitstreiter zugleich, die voller Gier auf ihren Po starrten. Und dann an sie gewandt:

»Mädchen, wenn schon Entjungferung, dann machen wir es auch gründlich. Nach uns Normalos wird dich gleich der Karl mit seinem Riesenriemen zureiten. Und bei dem kannst du dann beweisen, ob du es wirklich drauf hast und vielleicht sogar für den Strich geeignet bist. Hast du Lust? Wir hätten da was Feines, wo du eine Menge Geld machen kannst.«

Der mit den normal gebauten Männern vollzogene anale Verkehr bereitete ihr das allergrößte Vergnügen, da die vom Anführer vorgenommene Vordehnung und die regelmäßig in ihr erfolgenden Entladungen sie besonders aufnahmefähig gemacht hatten. Sich in ihrer Lust ergehend, kam sie das eine oder andere Mal, obwohl die Männer sie nur von hinten nahmen.

Das änderte sich mit Karl, dessen Riesenorgan sie bis an ihre Belastungsgrenze brachte und teilweise auch darüber. Allerdings schienen ihn und die anderen dies nur wenig zu kümmern, denn kaum war er mit ihr fertig, merkte er trocken an:»Nun wird bei dir gewiss keiner mehr von einer engen Jungfrau sprechen können, weder vorne noch hinten.« Der Boss der Gruppe bestand darauf, dies höchstpersönlich zu verifizieren. Er bestätigte Karls Urteil:»Du hast die kleine Sau prima gepfählt! Alle weiteren Lover werden es dir danken.«

Noch während er sich in ihrem Hintereingang befand, richtete er sie ein wenig auf und knetete ihre Brüste. »Mach dir nichts draus, für mich bist du zwar nun nicht ganz mehr so knackig eng und jung wie vorhin, aber noch immer sehr brauchbar. Und irgendwann musste es ja mal passieren. Sieh es einfach so: Der Karl hat dich auf einen Schlag um zehn Jahre reifer und erfahrener gemacht, jedenfalls was deinen Arsch angeht. Selbst deinem Mann wirst du den jetzt bestimmt viel williger entgegenhalten. Komm, wir probieren es noch mal, denn einmal spritzen geht noch, zumindest wenn ich dir dabei deinen süßen Po versohle.«

Als die Männer ihre hinter Pforte ausreichend oft und zu ihrer Zufriedenheit genommen und besamt hatten, stießen sie sie achtlos wie ein uninteressant gewordenes Spielzeug ins Gras. Sie zogen sich an, und ohne sie eines weiteren Blickes zu würdigen, verschwanden sie so schnell, wie sie einige Zeit zuvor erschienen waren.

Von Kopf bis Fuß besudelt und mit ihren Kräften am Ende blieb sie reglos im Gras liegen. Am liebsten wäre sie dort für immer geblieben, als hätte es das Erlebte nie gegeben.

Sie war gerade in einen todesähnlichen Schlaf versunken, als eine kräftige Hand sie an der Schulter fasste und aus ihren Träumen riss.

»Komm Larissa, lass uns nach Hause fahren. In deinem Bettchen schläft es sich bestimmt besser als hier. Du musst nur dein Sommerkleid und die Schuhe wieder anziehen.«

Damit stand für sie fest, dass er alles haarklein zusammen mit den Männern geplant hatte.

Die ganze Rückfahrt über saß sie schweigend neben ihm. Sie war allerdings ohnehin so sehr erschöpft, dass ihr nicht nach Unterhaltung zumute war, was ihn keineswegs störte, denn auch er musste das Beobachtete, das ihn zeitweise auf das Äußerste schockiert hatte, zunächst einmal für sich verarbeiten.

Zu Hause angekommen schüttete sie als Erstes eine große eisgekühlte Flasche Coca Cola in sich hinein und verdrückte dazu zwei Tafeln Vollmilch-Nussschokolade. Anschließend sprang sie unter die heiße Dusche, unter der sie mehr als eine halbe Stunde verweilte.

Nachdem sie sich ihr Nachthemd übergezogen hatte, gab sie ihm einen flüchtigen Kuss auf den Mund und verabschiedete sich in Richtung Bett.

»Sei mir bitte nicht böse, aber mit mir ist heute nichts mehr anzufangen. Ich lege mich ausnahmsweise schon jetzt schlafen. Bis später.«

Sie hatte sich kaum zugedeckt, da kam er noch einmal zu ihr, um die Schlafzimmergardinen zuzuziehen, denn draußen schien noch immer die Sonne. Doch er wollte mehr.

»Vor dem Schlafen wirst du noch gefickt.«

Sie lachte kurz auf, da sie fest davon überzeugt war, er habe sich lediglich einen schlechten Scherz mit ihr erlaubt.

»Thomas, morgen gerne wieder. Aber jetzt bin ich so sehr erschöpft, dass mit mir sowieso nichts mehr los ist.«

»Als wenn das eine Rolle spielen würde, schließlich will ich lediglich *meinen* Spaß haben«, kam es auffällig kühl zurück.

Ihr entging nicht, dass er das Wort ›meinen‹ ganz besonders betonte.

Hilflos musste sie mit ansehen, wie er sich seiner Kleidung entledigte und mit einem äußerst steil aufgerichteten Glied zu ihr ins Bett kam. Noch bevor sie sich versah, befand er sich direkt über ihr, schob ihre Unterarme gewaltsam unter ihren Nacken und verpasste ihr mehrere feste Ohrfeigen. Gleich darauf ging ihr Nachthemd krachend in Stücke. An der unmittelbaren Reaktion seines besten Freundes konnte sie erkennen, dass es ihm eine Freude war, sie auf diese Weise zu entblößen und zu demütigen.

Nachdem er ihr die Beine auseinandergeschoben und sie schmerzhaft in ihre Nippel gebissen hatte, drang er rücksichtslos in sie ein. Anfangs fiel es ihm noch recht schwer, sich frei und ungezwungen in ihr zu bewegen, was sich jedoch schon bald besserte, da sie zunehmend feuchter wurde und auch leicht zu stöhnen begann.

»Thomas, bitte nicht jetzt. Ich bin viel zu erschöpft dafür«, versuchte sie ihn zurückzuhalten. Erneut trafen sie mehrere Schläge auf die Wange.

»Schweig Fickstück! Deine Befindlichkeiten interessieren hier niemanden, denn *ich* möchte jetzt ficken!«

Einmal mehr machte er ihr durch die Betonung seiner Worte deutlich, dass es nun einzig und allein um seine Bedürfnisbefriedigung ging, und sie sich hinten anzustellen hätte.

»Mach die Beine breiter. Heute will ich meine Ladung ganz besonders tief in dich hineinspritzen.«

»Aber Thomas, können wir das nicht auf morgen ...«, warf sie noch einmal mit kraftloser Stimme ein.

»Nein, können wir nicht, und du Fickstück schon gar nicht!« Er wirkte kühl und unerbittlich.

Um seinem Anliegen weiteren Nachdruck zu verleihen, schlug er minutenlang mit der flachen Hand auf ihre Brüste ein, die dabei von links nach rechts und dann wieder von rechts nach links hin und her baumelten und taumelten. Von Schmerzen gepeinigt, aber auch aus Angst und Scham, von ihm weiter auf diese Weise gedemütigt zu werden, fügte sie sich. Bei dem, was nun folgte, gab sie sich ihm völlig hin. Schon wenige Augenblicke später erlebte sie ihren ersten Orgasmus, den sie bei ihm jemals ohne Zuhilfenahme ihrer speziellen Fantasien erreichte.

Er schien keinerlei Rücksichten auf sie zu nehmen und kostete sie voll und ganz aus. Als er nach einer für sie schier endlos langen Zeit schließlich von ihr ließ, hatte er sie in allen ihren Öffnungen besamt und sie mehrfach zum Höhepunkt gebracht.

Bevor er sich erhob, tätschelte er noch einmal zärtlich ihr Hinterteil.

»Ich muss den Männern von heute Nachmittag meinen höchsten Respekt zollen, denn sie haben ganze Arbeit geleistet. Nicht nur, dass sie diesen für mich schönsten aller Zugänge bei dir endlich freigelegt haben, nein, sie haben ihn auch gleich so gedehnt, dass er jetzt sehr bequem benutzbar ist und es bei regelmäßiger Verwendung wohl auch bleiben wird. Ich weiß, wovon ich rede, denn meine Ex hat mir ihren Hintereingang auch immer schön hingehalten. Dein Arsch ist allerdings um Klassen besser als ihrer. Schau mal, wie leicht das jetzt geht: Rein – raus – rein – raus: fast so gut wie bei einer klatschnassen Pussy.«

Als sie erneut leise zu stöhnen begann, warf er seinen Oberkörper nach vorne, schob seine Hände unter ihren Busen und machte sich an ihren Nippeln zu schaffen. Zugleich penetrierte er energisch ihre hintere Pforte. Zärtlich biss er ihr ins Ohrläppchen, wobei er sich liebevoll und einfühlsam an sie wandte:

»Ich weiß, dass du todmüde bist und eigentlich längst schlafen müsstest. Aber du machst mich heute dermaßen geil, dass ich stundenlang weitermachen könnte. Komm, eine Ladung kriegst du noch, und dann ist gut.«

Er brauchte dafür deutlich länger, als er es sich vorgestellt hatte. Als er schließlich kam, kniff er ihr im Rausche seines Genusses so fest er nur konnte in ihre Knospen.

Er hatte sich kaum in Richtung Bad aufgemacht, da fiel sie bereits in einen unendlich tiefen Schlaf, aus dem sie erst am nächsten Tag gegen Mittag aufwachte. Das Erste, was sie registrierte, war der Duft von frisch aufgebrühtem Kaffee, Nutella und aufgebackenen Croissants.

Nachdem sie sich der Ereignisse des gestrigen Tages noch einmal erinnert hatte, sprang sie rasch unter die Dusche, um sich für ihn wieder schön zu machen. Vor dem Spiegel stachen ihr gleich mehrere sich deutlich abzeichnende blaue Flecke auf ihren Oberschenkeln, zwischen ihren Beinen und ganz besonders stark unmittelbar um ihre Vagina herum ins Auge. Im ersten Augenblick war sie darüber sehr erschrocken, doch dann erinnerte sie sich der sehr erregenden Gefühle, die mit den leichten Verletzungen einhergegangen waren. Nur mit Schuhen und etwas Schmuck bekleidet begrüßte sie ihn in der Küche.

»Guten Morgen, ich habe mir noch nichts angezogen, weil ich mir nicht sicher war, wie du mich heute haben willst.«

»Sehr artig, Larissa. Aber so bist du schon genau richtig. Komm noch einmal kurz ins Schlafzimmer. Frühstücken kannst du danach.«

Energisch zog er sie am Handgelenk hinter sich her.

»Deine Muschi war in den letzten Jahren sehr ungezogen zu mir. Sehr sehr ungezogen sogar. Dafür muss sie bestraft werden, denn schließlich soll so etwas nicht wieder vorkommen, nicht wahr? Komm, bleib genau da stehen und mach die Beine noch etwas breiter, damit ich mit der Peitsche gut dazwischen komme. Fünf Hiebe direkt auf deinen Kitzler dürften fürs Erste genügen.

Wir werden das in Zukunft so lange machen, bis ich mir deiner Fotze ganz sicher bin. Du hast es also in der Hand.

Sollte ich irgendwann im Laufe des Tages Lust auf dich bekomme, wirst du von mir gefickt, und wenn es sein muss, auch gegen deinen Willen. Damit dabei nicht zu viele teure Kleidungsstücke zerstört werden, bleibst du am besten gleich so, wie du jetzt bist, das ist für uns beide am Praktischsten.«

Mit großen, interessierten Augen schaute er auf ihre entblößten Beine und ihre Scham.

»Wegen der blauen Flecke musst du dir keine großen Gedanken machen. Wenn wir zusammen ausgehen, kannst du ruhig die gleichen knappen Röckchen wie sonst anziehen. Ich sehe so etwas ohnehin ausgesprochen gerne, auch bei anderen Frauen. Es ist also keineswegs eine Schande. Und wenn es mir schon so geht, dann werden das viele andere Männer auch geil finden.

Ach ja, die Jungs von gestern riefen übrigens bereits an. Die würden gerne beim nächsten Mal noch einen weiteren Mitspieler mitbringen, du scheinst ihnen sehr gefallen zu haben. Wenn das Wetter schön bleibt, könnten wir die Sache gleich am kommenden Wochenende wiederholen. Dann wirst du aber von Anfang an ganz nackt ausgesetzt. Es muss ja nicht jedes Mal die Kleidung drauf gehen. Der eine sprach davon, vielleicht eine Peitsche und ein paar Seile mitzubringen. Sie könnten dich an einen Baum oder Ast fesseln und ein wenig härter rannehmen. Scheint mir eine sehr gute Idee zu sein. Aber die sollen dir auf jeden Fall wieder ein paar blaue Flecke machen, das sieht total geil aus! Und schau mal, vielleicht direkt hier am Beinansatz noch ein paar Striemchen, was denkst du?

Lass mal gerade fühlen. Mensch Larissa, du bist ja schon wieder klatschnass da unten. Eine richtige kleine Hure habe ich mir an Land gezogen. Wer hätte das gedacht? Ich habe dich immer ganz anders eingeschätzt, viel braver, schüchterner und seriöser irgendwie. Komm, streck mir deine Muschi noch einmal entgegen. Ich denke, drei weitere Peitschenhiebe auf die Klitoris für deine ungezogene Geilheit sind jetzt angebracht.«

Bereitwillig bot sie ihm ihre Vulva dar. Als er mit ihr fertig war, stellte sie sich direkt vor ihm auf die Zehenspitzen, schlang ihre Arme um seinen Nacken und gab ihm einen innigen Kuss.

»Danke! Wenn du damals nicht so impertinent nachgefragt hättest, hätte ich wohl nie herausgefunden, was ich wirklich brauche. Und danke dafür, dass du den Mut hattest, meine Träume wahr werden zu lassen.«

Sie bedeckte seinen Mund mit weiteren liebevollen Küssen.

»Ich habe noch einmal über alles gründlich nachgedacht. Ich bin damit einverstanden, wenn es in Zukunft zwischen uns so läuft, wie es gestern der Fall war oder auch heute Morgen ist. Ach was heißt einverstanden? Ich wünsche es mir. Nimm dabei keine Rücksichten auf mich. Behandle mich wie dein Eigentum, mit dem du machen kannst, was du willst: wann immer, wie immer und wo immer. Meinetwegen auch, mit wem immer du willst. So ist es mir am liebsten, und ich vermute, dir auch.

Ich war wohl mein ganzes Leben damit beschäftigt, die Kontrolle über mich zu behalten. Gestern wurde sie mir für einen Moment gewaltsam entrissen, und dabei erlebte ich Gefühle, die ich mir nicht einmal in meinen Träumen und Fantasien vorstellen konnte. Ich denke, die Kontrolle ist bei mir nicht wirklich gut aufgehoben. Du sollst sie haben.«

LADY ZORRO

Maria und Ina stießen sich gegenseitig das Weinglas an.

»Vielen Dank, Ina, ich hätte wirklich nie damit gerechnet, von meiner Chefin einmal nach Hause eingeladen zu werden. Und nochmals vielen Dank dafür, dass du mir vor fünf Monaten spontan den Job in deiner Boutique angeboten hast. Ich bin immer noch ganz happy.«

Maria war tatsächlich überglücklich darüber, mit ihren bald einundzwanzig Jahren den in ihren Augen äußerst attraktiven Halbtagsjob in Inas angesagter Berliner Edelboutique bekommen zu haben. Als sie vor zwei Jahren ihr Studium an der Universität Potsdam aufnahm, war ihr von vornherein klar, dass die Finanzierung nicht einfach werden würde. In der Anfangszeit verdingte sie sich nebenher als Kellnerin und in diversen weiteren Jobs, wobei ihr oftmals die recht ungünstigen Arbeitszeiten sehr zu schaffen machten. Doch das Glück war ihr hold, als sie sich eines Tages zufällig in Inas Boutique »Göttin« verirrt hatte. Sie hätte sich die dort angebotenen Waren zwar nicht einmal im Entferntesten leisten können, verlieh ihrer Begeisterung über die ausgestellten Kleidungsstücke jedoch mit einer solchen Inbrunst Ausdruck, dass sie umgehend das Interesse der zweiunddreißigjährigen Ladeninhaberin Ina fand. Außerdem gefiel Ina Maria auch sonst, einschließlich ihrer Kleidung, die sie trug. Ihr fachfraulicher Blick erkannte sofort, dass fast alles selbst geschneidert war. Sie musste nicht lange überlegen um sie zu fragen, ob sie Zeit und Interesse hätte, ihr nachmittags als Aushilfskraft und zweite Verkäuferin ein wenig zur Seite zu stehen, was Maria sofort freudig bejahte.

»Nun Maria, ich bin ebenfalls sehr glücklich darüber, dich gefunden zu haben. Gutes Personal zu bekommen, ist nicht leicht. Dir merkt man hingegen die Begeisterung und auch den Sachverstand für schöne Kleidung sofort an. Außerdem verhältst du dich sehr verantwortungsvoll. Bislang hast du noch keine einzige Fehlminute gehabt. Und last, but not least: Selbst beim Umsatz machst du dich inzwischen positiv bemerkbar. Einige sehr junge Kundinnen, die ich mit meinem Angebot sonst vielleicht niemals erreicht hätte, kommen ausdrücklich auch wegen dir. Ich bin wirklich sehr zufrieden. Dies wollte ich im

Rahmen der heutigen Einladung einmal zum Ausdruck bringen. Doch sag mal Ina, ist dein Freund nicht sauer darüber, dass du heute Abend mit deiner Chefin zusammenhockst statt mit ihm?«

Maria lachte. »Nein, keine Sorge, so ist das bei uns nicht. Paul studiert in München, sodass wir uns ohnehin nur am Wochenende sehen, was dann aber immer sehr heiß ist. Manchmal kommen wir kaum aus dem Bett heraus, in erster Linie wegen ihm. Ich würde lieber auch mal was ganz anderes tun, zum Beispiel ins Kino oder tanzen gehen.«

»Vermisst du ihn jetzt nicht?«

»Nicht wirklich. Schau mal, ich will im nächsten Jahr unbedingt meinen Bachelor machen. Morgens sitze ich in den Seminaren, nachmittags jobbe ich bei dir und abends büffele ich oder schreibe an irgendwelchen Seminararbeiten. Da bliebe für Paul ohnehin kaum Zeit übrig. Momentan passt mir das sehr gut, dass wir uns nur an den Wochenenden sehen können.«

»Wie habt ihr euch denn überhaupt kennengelernt? Du hier in Berlin und er in München: ziemlich weit auseinander, finde ich«, hakte Ina nach.

»Ach, das war ein ganz blöder Zufall. Du weißt, ich stehe total auf schicke Klamotten.«

»Allerdings. Ausgerechnet heute erhielt ich die neue Kollektion eines meiner Hauptlieferanten. So etwas lasse ich mir zur Ansicht stets zunächst nach Hause schicken. Wenn du Lust hast, können wir nachher alles an- und ausprobieren.«

»Ehrlich? Du scherzt, oder?«

»Nein, überhaupt nicht.«

»Wow wow wow. Der helle Wahnsinn! Ich freue mich schon riesig. Und wo hast du die Teile versteckt?«

»Nun mal ganz langsam, zunächst erzählst du mir von deiner ersten Begegnung mit deinem Freund. Und den Wein haben wir auch erst gerade aufgemacht.«

»Okay. Ich bin aber trotzdem schon ganz aufgeregt. Also das war so: Meine Freundin sprach mich letztes Jahr kurz vor Fasching an, dass ein Pärchen aus Köln zu Weiberfastnacht eine

Riesenfete gibt, bei der immer irre was los sei, ein absolutes must-Event sozusagen, und ob ich Lust hätte, daran teilzunehmen. Natürlich hatte ich Lust, große Lust sogar, denn es bestand Kostümpflicht. Du kennst mich ja.

Tagelang zermarterte ich mir den Kopf darüber, als was ich dort hingehen könnte. Als ich dann zufällig auf Viva wieder einmal Christina Aguilera in ihrem Moulin Rouge-Video sah – du weißt schon: ›gitche gitche ya ya, da da‹, ›Voulez-vous coucher avec moi, ce soir?‹ und so weiter –, da war mir sofort klar: genau so will ich auch aussehen!«

»Ganz schön mutig für eine Party, auf der du noch nie warst, finde ich jedenfalls.«

»Ach was, es war doch bloß eine Faschingsfete, und das auch noch zu Weiberfastnacht, wo wir Frauen ohnehin das Sagen haben. Was sollte da schon passieren? Außerdem habe ich mir damals noch keine Gedanken darüber gemacht, so naiv, wie ich zu der Zeit war. War vielleicht ein Fehler.

Meine Freundin ist übrigens als Haremsdame erschienen, auch nicht ohne, oder? Wie auch immer, ich habe tagelang an meinem Kostüm genäht – kennst mich ja – und mit meiner Freundin das Schminken geübt. Ja und an dem Abend sah ich dann wirklich fast exakt so wie Christina Aguilera in ihrem Video aus.«

»Super! Und anschließend sind alle Männer um dich herum geschwirrt, oder? Mit allen hast du ein paar Mal getanzt, doch am Ende hat Paul das Rennen gemacht. War es so?«

»Gemach gemach, es kam alles ganz anders und vor allem viel schlimmer. Am Eingang erhielten wir eine Augenbinde, über die ich zu Beginn ein wenig traurig war, denn meine Freundin hatte meine Lider wirklich supertoll hinbekommen. Aber na ja. Mit der Zeit arrangierte ich mich mit der neuen Situation, zumal man mit Augenbinde viel besser flirten konnte, so richtig aggressiv, wenn du weißt, was ich meine.«

Ina lächelte. »Ich kann es mir so gerade eben vorstellen. So und dann ist auf einmal Paul als Edelmann erschienen, hat ein wenig Geld für eine Nacht mit der hübschen, doch leider mittellosen Pariser Tänzerin geboten, was der Kleinen sehr geschmeichelt hat. Ja und seitdem seid ihr ein Paar.«

»Nein Ina, so war es nicht, ganz und gar nicht. Es war viel schlimmer.«

»Schlimmer?«

»Viel schlimmer! Paul musste mich nämlich retten.«

»Retten? Vor wem? Vor einem Ungeheuer? Vor der Meute, die sich in dein Kostüm verguckt hatte? Vor Freiern auf der Suche nach einer Pariser Hure?«

»Nein, noch schlimmer. Vor den Klauen einer Frau.«

Ina lachte laut auf. »Schätzchen, jetzt versuchst du mich aber auf den Arm zu nehmen, oder? Du willst mir doch nicht ernsthaft weiß machen wollen, dass du als Moulin Rouge-Mädchen auf einer Faschingsfete erschienen bist, wo du dich von einem Mann aus den *Klauen* einer Frau befreien lassen musstest, und das auch noch an Weiberfastnacht? Wie soll das gehen?«

Ina hatte in ihren Ausführungen das Wort »Klauen« ganz besonders betont.

»Ja Ina, ehrlich! Ich lüge nicht! Also es war so: Auf der Fete lief eine Frau herum, die mir schon den ganzen Abend über auffiel. Sie war nämlich als Zorro verkleidet, das heißt, praktisch als Mann. Ich fand, sie sah in ihrem Kostüm total heiß aus und habe wohl auch ein paar Mal zu ihr hinübergeschaut, so wie sie zu mir. Wir waren gegenseitig von unseren Kostümen sehr angetan, vermute ich mal. Als Mann hätte ich mich sofort in sie verliebt.«

»Bislang ist weder eine Gefahr noch etwas von Rettung in Sicht«, merkte Ina trocken an.

»Kommt noch, Ina, kommt! Also es war schon kurz nach Mitternacht, ich stand gerade an der Bar, um mir mal wieder einen neuen Cocktail mixen zu lassen, da spürte ich auf einmal eine kleine Hand direkt auf meinem Bauchnabel, und gleich darauf einen zärtlichen Kuss auf meiner linken Schulter. Dazu flüsterte mir eine sanfte Stimme ins Ohr: ›Nun habe ich dich doch noch gefangen, Süße. Ergibst du dich freiwillig, oder muss ich erst Gewalt anwenden?‹ Lady Zorro stand unmittelbar hinter mir.

Mir lief es eiskalt den Rücken herunter. Ich merkte, wie ich mich innerlich versteifte. Sagen hätte ich jetzt sowieso nichts mehr können, denn meine Kehle war wie zugeschnürt. Mit einer solchen Attacke hatte ich absolut nicht gerechnet, jedenfalls auf der Fete nicht.

Das schien sie aber alles andere als zu stören, denn sie machte unbeirrt weiter. Ein kurzer Griff unter mein Röckchen, und schon lag ihre Hand direkt auf meinem Venushügel.«

»Wo an diesem Abend rein zufällig das schützende Höschen fehlte …«, zwinkerte ihr Ina fröhlich zu.

Maria errötete leicht. »Woher weißt du das? Ja, wie soll ich sagen, es ist mir fast peinlich, aber als das an dem Abend mit den Augenbinden und der ganzen Flirterei so verdammt gut anlief, zog ich irgendwann auf dem Klo meinen Slip aus und stopfte ihn in die Handtasche.

Beim anschließenden Tanzen ist mein Röckchen immer mal wieder in die Höhe geschnellt. Die umherstehenden Jungs bekamen für Sekundenbruchteile fast alles zu sehen, was sie dann jedes Mal mit Grölen und Beifall quittierten. Es war trotzdem ein total geiles Gefühl.«

»Offenbar waren aber nicht nur die Jungs von deiner Show beeindruckt. Ließ sie ihre Hand denn wenigstens dort, wo sie war?«

»Leider nein, das war ja das Problem. Sie tauchte sofort mit zwei Fingern tief in meine Muschi ein. Und als die dann sogleich klatschnass wurde – es war total bescheuert, denn eigentlich wollte ich das alles nicht, und dennoch floss meine Feuchte in Strömen, wie ich es zuvor noch nie erlebt hatte –, machte sie sich auch noch an meinen Kitzler ran. Und wie kann ich dir sagen! Die hatte richtig Ahnung davon! Doch genau in dem Augenblick kam Paul und rettete mich.«

»Indem er Zorro gekonnt in die Flucht schlug. Lass mich raten: Paul war als Cowboy verkleidet, der seinen rauchenden Colt gegen sie in Stellung brachte.«

Maria lachte auf. »Nicht ganz, aber so ähnlich. Er war als Pirat verkleidet und hatte einen Säbel und eine altmodische Pistole dabei. Und die hielt er Lady Zorro an die Schläfe, wobei er sagte: ›Du lässt jetzt sofort deine Finger von meiner Freundin, oder dein letztes Stündlein hat geschlagen.‹ Komischerweise glaubte sie es ihm und schwirrte sofort davon. Dabei war doch Weiberfastnacht. Danach sah ich sie nicht mehr, obwohl ich noch ein paar Mal nach ihr Ausschau hielt.«

»Wolltest du sie denn unbedingt wiedersehen?«, fragte Ina neugierig nach.

»Nein, auf gar keinen Fall!«, rief Maria empört aus.

Sie leerte erschrocken ihr Glas, das Ina umgehend auffüllte. Dankbar nahm sie drei weitere große Schlucke.

»Was denkst du denn von mir? Ich bin doch keine Lesbe! Aber irgendwie hatte mich ihre direkte Art fasziniert. Auch betörten mich der Duft ihrer Haut und ihr süßliches, schweres Parfüm, als sie so direkt hinter mir stand. Viel reizvoller als bei Männern!

Auch schien sie sehr genau zu wissen, wie man eine Frau am Besten berührt …«

»Kein Wunder, Schätzchen, sie ist eine Frau.«

»Ich mein ja nur. Ich will aus der Sache auch nicht mehr machen, als tatsächlich war. Aber wenn sie ihre Attacke noch eine weitere Minute fortgesetzt hätte, wäre ich direkt auf der Fete vor allen Gästen gekommen. Wenn ich mir das nur vorstelle! Meistens werde ich nämlich sehr laut dabei.

Jedenfalls gestand ich ihr mehr zu als allen Typen zuvor. Selbst wenn Paul so etwas heute mit mir in der Öffentlichkeit tun würde – und immerhin darf der sonst ganz schön viel mit mir anstellen –, bekäme er sofort eine gescheuert. Deshalb verstehe ich das alles nicht.«

Erneut musste Ina Marias Glas auffüllen, die immer nervöser und verlegener wurde.

Ina schaute sie nachdenklich an. »So ganz scheinst du mir über das Erlebnis aber noch immer nicht hinweggekommen zu sein. Denkst du manchmal noch an sie?«

Maria nahm einen weiteren hastigen Schluck Rotwein zu sich. Ina beugte sich vor und ergriff ihren Arm. »Schätzchen mach mal etwas langsamer, sonst wird das nichts mehr mit unserer Modenschau, weil du dann nämlich nicht mehr gerade gehen, sondern bestenfalls torkeln kannst. Dich scheint die Sache ganz schön mitgenommen zu haben.«

Das hätte Ina nicht sagen dürfen, denn Maria begann unvermittelt zu weinen. Wie ein Sturzbach rannten die Tränen über ihr hübsches Gesicht. Ina beugte sich zu ihr vor und streichelte ihre Wange.

»Sorry, Schätzchen, das wusste ich jetzt nicht. Komm lass uns das Thema wechseln, ja? Und wenn du dich wieder etwas beruhigt hast, kümmere ich mich um dein Gesicht. Schminken kann ich nämlich mindestens genauso gut wie deine Freundin. Und danach geht es endlich ans Anprobieren. Was meinst du?«

»Einverstanden. Es tut mir leid, dass ich die Fassung verloren habe. Eigentlich ist das so gar nicht meine Art. Dein Rotwein hat aber bestimmt auch ein wenig dazu beigetragen, insoweit bin ich nicht ganz alleine schuld. Ja, lass uns von etwas anderem reden. Wie ist es denn bei dir? Bist du momentan mit jemandem zusammen?«

Ina erzählte ihr, dass sie sogar schon einmal verheiratet war. Doch als sie irgendwann zufällig entdeckte, dass es ihr lieber Ehemann nebenher auch noch mit ihrer besten Freundin trieb, waren sie ganz schnell wieder geschieden. Und von ihrer damals besten Freundin hat sie sich ebenfalls getrennt.

Schließlich fügte sie noch an, dass sie sich vor zwei Jahren mit ihrer Boutique einen Lebenstraum erfüllt habe, und seitdem besäße sie ohnehin kaum noch Zeit für eine echte Partnerschaft.

»Ich habe immer mal wieder Affären mit Männern, die ich auf irgendwelchen Partys und Einladungen kennenlerne, aber das ist nie etwas von Dauer«, setzte sie ihre Erzählung fort. »In der Regel suche ich sogar ganz gezielt nach Ehemännern, denn die werden mir so schnell nicht zu nahe rücken. Wenn du so willst, bin ich im Grunde auch nicht viel besser als meine damalige beste Freundin.«

»Aber Ina, das kannst du doch überhaupt nicht vergleichen«, protestierte Maria. »Es ist doch ein himmelweiter Unterschied, ob du lediglich die Affäre eines x-beliebigen Ehemanns bist, oder die des Ehemanns deiner besten Freundin. Also für mich hat beides überhaupt nichts miteinander zu tun.«

»Ja, ich weiß, jedenfalls vom Verstand her. Auf der anderen Seite sind es eben auch immer Frauen wie ich, die es den Männern erst ermöglichen, fremd zu gehen und sich ihr Vergnügen auch außerhalb der Ehe zu holen.«

»Ja und? Lass sie doch, solange sie dir dabei ein paar gute Gefühle bereiten, oder?« Maria lächelte sie an.

»Ja wenn sie das wenigstens täten. Aber egal. Komm, wir haben genug gequatscht. Lass uns mal zu unserem eigentlichen Business kommen.«

Sie nahm Maria bei der Hand und führte sie in einen Nebenraum, der mit Kleidungsstücken übersät war.

»Wie du siehst, liegen hier eine Unmenge neuer Sommerkleider, T-Shirts, Blusen, Röcke, Badeanzüge und Bikinis in deiner und meiner Größe und auch zahlreiche Accessoires herum, die wir alle einmal anprobieren sollten. Und danach entscheiden wir, was ins Programm kommt und was nicht. Doch zuallererst ist dein Gesicht dran. Lass dich überraschen! Du wirst bestimmt mit meinen Künsten sehr zufrieden sein.«

Den ganzen Abend über probierten Ina und Maria die Kleidungsstücke und Accessoires der neuen Kollektion an, wobei sie eine weitere Flasche des köstlichen spanischen Rotweins leerten, den Ina von einem Lieferanten zu Weihnachten geschenkt bekommen hatte.

Es war schon nach zehn Uhr, als sie endlich bei der letzten Warengruppe angelangt waren. Maria bewunderte sich gerade selbst, wie sie in ihrem äußerst gewagt geschnittenen anthrazitfarbenen Bikini vor Inas riesengroßem Schlafzimmerspiegel stand, als sich die mittlerweile in ein schwarzes Abendkleid gehüllte Ina sachte von hinten an sie heranpirschte und eine Hand auf ihren Bauch legte.

»Hat sie dich in etwa so angefasst?«

Sanft schob sie Marias lange Haare zur Seite und küsste sie zärtlich auf den Nacken.

Maria blieb wie angewurzelt stehen.

Binnen Sekunden hatte sich das gleiche Gefühl in ihr eingestellt, das sie auf der Faschingsfete bei Miss Zorro gespürt hatte. Und erneut konnte sie sich weder wehren noch etwas dazu sagen. Ihr Mund schien wie von einer unsichtbaren Hand verschlossen zu sein.

»Du musst nichts sagen oder machen. Lass es einfach mit dir geschehen. Du wünschst es dir doch ohnehin schon lange«, flüsterte Ina ihr ins Ohr. »Und keine Angst: Eine Lesbe bist du erst dann, wenn du eine sein möchtest.«

Längst hatte ihr Ina das Oberteil geöffnet und von den Armen gestreift. Gleich darauf war auch ihr Höschen dran, wofür Maria sogar artig die Füße anhob, damit Ina es ihr von den Gogo Mules nehmen konnte.

Marias Nippel richteten sich steil auf, als sie die stützenden Hände unter ihren Brüsten spürte. Ina fiel es hierdurch besonders leicht, Marias Knospen zu greifen und kunstvoll mit ihnen zu spielen. Sie beugte sich leicht vor, um die Schultern ihrer Liebespartnerin mit Küssen zu bedecken und den betörenden Duft ihrer süßlichen Haut in sich aufzunehmen.

Ein leises Stöhnen entwich Marias Lippen, denn Inas Mittelfinger umkreisten sanft und unentwegt die Spitzen ihrer Nippel. Sie konnte ihre Erregung selbst kaum ertragen, so intensiv waren die Gefühle, die ihr Ina bereitete. Am liebsten hätte sie sich sogleich in den Schritt gefasst, um sich selbst zu befriedigen, doch eine innere magische Kraft hielt sie davon ab. Sie konnte spüren, wie einzelne Tropfen ihrer Feuchte an der Innenseite ihrer Schenkel entlang liefen.

Für einen Augenblick glaubte Maria, Ina habe ihre Gedanken lesen können, denn das, was sie sich ersehnte, vollführte sie nun an ihrer Stelle, und zwar mit einer solchen Entschiedenheit und Expertise, dass ihr keine Gelegenheit blieb, über die Richtigkeit dessen, was gerade mit ihr geschah, nachzudenken.

Einerseits war sie ein wenig empört darüber, mit welcher Selbstverständlichkeit Ina nach ihr fasste. Innerlich sagte sie sich, dass sie ihr das eigentlich nicht durchgehen lassen dürfte. Doch auf der anderen Seite schienen ihr ganzer Körper und insbesondere ihre Muschi nur ein Interesse zu haben, nämlich Ina genau das zu Ende führen zu lassen, was sie gerade mit ihr anstellte. Es dauerte nicht lange, da stöhnte sie bereits ungehemmt und immer lauter werdend. Sie war unmittelbar davor, in einem fulminanten Höhepunkt Erlösung zu finden, als Ina sie an den Händen fasste und wortlos in ihr Wohnzimmer führte, wo sie sie mit dem Rücken auf ihre Couch bettete. Marias Unterschenkeln legte sie auf die seitliche Lederlehne des Möbelstücks ab. Wie selbstverständlich spreizte sie die leicht angehobenen Beine ihrer Gespielin, um ihre Hand wieder genau dorthin zu legen, wo sie sich noch vor ganz wenigen Minuten befunden hatte.

Sanft knabberte sie an Marias Brüsten. Sie gab ihr einen ersten zärtlichen Kuss und dann noch einen voller Leidenschaft, den Maria im ersten Moment nur zögerlich erwiderte, doch schließlich öffnete sie widerstandslos ihre Lippen, um Inas Zunge ungehindert Einlass zu gewähren.

Wenige Minuten später befand sie sich erneut auf dem Weg zu einem Orgasmus. Vorsichtig griff sie nach Inas Hand.

»Willst du dein Abendkleid nicht vorher ausziehen? Mir ist das ein wenig unangenehm, ich nur in Schuhen und du ganz elegant gekleidet.«

»Na hör mal Maria, ich bin deine Chefin«, lachte Ina sie an. »Und die möchte so bleiben, wie sie ist, und nur mit deinem Körper spielen. Süße, ich sehe es deinen flehentlichen Augen an, dass du von mir gerne erlöst werden möchtest. Doch du hast die Wahl: Entweder jetzt gleich, oder ich bringe dich nur stets bis ganz kurz vor den Punkt. Was möchtest du: Sofortiger Höhepunkt und damit erlöst sein, oder lieber erst noch ein wenig leiden?«

Maria schaute sie mit großen, fast verzweifelten Augen an.

»Aber du erlöst mich hinterher auf jeden Fall, egal wofür ich mich entscheide, oder?«

Ina presste die steil aufgerichteten Nippel ihrer Geliebten so stark und unnachgiebig, dass sie vor Schmerzen zu Stöhnen begann. Mit ihrer Zunge drang sie einmal mehr in den sich ihr nun bereitwillig öffnenden Mund vor.

»Darüber habe ich noch nicht entschieden, Süße«, antwortete sie bestimmt. »Vielleicht ja, vielleicht nein. Das ist dein Risiko in der Sache. Was möchtest du?«

Während Maria noch überlegte, war Inas Hand längst wieder in das Lustzentrum ihrer Gespielin vorgedrungen. Zuvor hatte sie deren Beine ein ganzes Stück weiter gespreizt. Rat- und hilflos schaute Maria in Inas Augen. Ihr Stöhnen wurde lauter und lauter. Als sie so nackt, offen und wehrlos vor der noch immer elegant gekleideten Ina lag, fühlte sie sich plötzlich völlig frei, hemmungslos und bar jeder Scham. Und dann sagte sie es:

»Ich will warten. Und ganz viel stöhnen. Und leiden. Ja, lass mich bitte leiden!«

ÜBER DIE AUTORIN

Kiara Singer wurde 1978 in Bonn geboren. Seit 1997 lebt die freie Journalistin und Schriftstellerin in Frankfurt am Main.

Kiara und Alina (Erotischer Roman, Ullstein Verlag)

Heimlich träumt die 28-jährige freie Journalistin Kiara davon, sich einem Mann beim Sex willenlos zur Verfügung zu stellen und von ihm beherrscht zu werden. Durch eine Kontaktanzeige lernt sie den 45-jährigen Unternehmer Mark kennen, der sie zu seiner Sexsklavin erzieht. Als sein Eigentum muss sie ihm, aber auch fremden Männern und Frauen, bedingungslos zu Willen sein. Bei ihren Liebesdiensten trifft sie auf die Sklavin Alina. Zwischen den beiden Frauen entwickeln sich zärtliche Bande. Doch diese Liebe darf nicht sein.

Stille Wintertage – Kiara und Alina Teil 2 (Erotischer Roman)

»Stille Wintertage« ist die erste Fortsetzung des Taschenbuch-Bestsellers »Kiara und Alina«, in dem das Leben von Kiara und Alina als Sklavinnen ihres Herrn Mark beschrieben wird. Im Vordergrund stehen die Liebe zwischen den beiden Frauen, zwischen Kiara und Mark und der endgültige Bruch mit Alinas vormaliger Herrin Ellen.

Kiara Singers autobiografische Erzählung bewegt sich im Spannungsfeld zwischen hartem Sex und romantischer Liebe, zwischen weiblichen Wünschen und der Rolle der modernen Frau in unserer Gesellschaft.

Leseprobe:

Mark schaltete die Scheibenwischer an. Die Nacht war kühl und regnerisch.

»Hast du dich gut mit Michelle unterhalten?«

»Ja sehr gut, sie ist eine sehr interessante Frau.«

»Und was habt ihr gemacht?«

»Sie hat mir die Liebe unter Frauen gezeigt. Jetzt bin ich süchtig.«

»Liebling möchtest du das Gespräch auf dem gleichen Niveau wie auf unserer Hinfahrt führen? Wie oft bist du bei ihr gekommen? Du weißt, du hattest heute von mir keine Erlaubnis.«

»Ich bin bei ihr nicht gekommen. Aber das ist jetzt genau mein Problem. Mark, ich bin dermaßen spitz. Wenn Alina mir heute Abend einen Gutenacht-Kuss gibt, dann kann ich für nichts mehr garantieren.«

Sie schob ihr Kleid bis zur Hüfte hoch.

»Mark, kannst du es mir nicht eben besorgen? Es ist wirklich schlimm, ein Notfall sozusagen.«

Er griff ihr in den Schritt, machte aber keine weiteren Anstalten, sie zu befriedigen.

»Gleich kommt eine Raststätte. Wir schauen einmal, ob es dort eine Gelegenheit gibt. Jetzt bei dem Tempo ist mir das zu gefährlich. Am Ende verliere ich noch die Kontrolle über den Wagen. Es ist heute ziemlich glatt hier draußen.«

Schon bald bogen sie zur Raststätte ab. Mark stieg kurz aus und kam mit drei Kondompackungen zurück. Dann lenkte er sein Fahrzeug auf den Lkw-Parkplatz. Irgendwo am hinteren Ende standen drei Fahrer beisammen und unterhielten sich. Mark hielt an.

»Hi, habt ihr Lust meine Freundin durchzuvögeln? Sie ist ziemlich notgeil heute Abend und braucht dringend Hilfe. Ihr könnt sie direkt auf meiner Motorhaube rannehmen, und zwar so oft ihr wollt. Aber nur mit Kondom und nur in ihre enge Fotze, sonst nirgendwo. Kondome habe ich dabei. Wäre das was?«

»Können wir die Kleine mal sehen?«

»Kiara, komm raus, heb deinen Rock an und zeig dich den Männern.«

Kiara gehorchte.

147

»Mann, die Kleine ist heiß.«

Mark einigte sich mit den Fahrern. Dann legten die Männer Kiara auf die noch warme Motorhaube und nahmen sie abwechselnd jeweils zweimal ran. Sie kam sofort und etwas später dann noch ein zweites Mal. Nach einer halben Stunde war alles vorbei. Fröstelnd stieg sie wieder in den Wagen.

»Bist du gekommen?«

»Schon nach zehn Sekunden.«

»Hatte ich dir das erlaubt?«

»Mark, bitte! War das nicht bereits Strafe genug?«

»Was für eine Strafe? Ich habe einer läufigen Hündin gerade einen Super-Fick besorgt.«

»Aber nur mit Männern!«

Auf der restlichen Fahrt schwiegen sie. Kiara ahnte es: Sie war zu weit gegangen. Noch heute Nacht würde sie die Peitsche zu spüren bekommen.

Sein kleiner Harem – Kiara und Alina Teil 3 (Erotischer Roman)

Ein Unbekannter will Kiara als die Autorin von ›Kiara und Alina‹ enttarnt haben und droht, ihr Leben und die Namen der sie umgebenden Personen an die Öffentlichkeit zu bringen, es sei denn, sie erkaufe sich sein Schweigen mit Geld und ihrem Körper. Sie ist verzweifelt und wagt nicht, den Vorfall ihrem Lebensgefährten und Besitzer Mark zu berichten, da sie befürchtet, er könne ihr dann das Schreiben verbieten. Ihre Mitsklavin und Geliebte Alina verspricht ihr, sich der Sache anzunehmen, und den Fall für sie zu lösen.

Auch im dritten Teil des Taschenbuch-Bestsellers ›Kiara und Alina‹ entführt Kiara Singer ihre Leser in die faszinierende Welt der sexuellen Dominanz und Unterwerfung. Sie beschreibt ein Leben voller Ausschweifungen und jenseits üblicher gesellschaftlicher Normen, in dessen Mittelpunkt dennoch die Suche nach Liebe und privatem Glück steht.